Romain Chabrol

REQUIEM POUR UN THON

polar

{ LES Petits matins }

ITALIE
Messina
Reggio di Calabria
Mer Tyrrhénienne
Palerme
Taormina
Trapani
SICILE
Catania
Mazara del Vallo
Agrigento
Syracuse
Canal de sicile
Gela
Ragusa
Bizerte
cap Bon
Pozzallo
Marina di Modica
Pantelleria
Tunis
Mer Ionienne
TUNISIE
MALTE
Linosa
Gozo
La Valette
Sousse
Monastir
Lampedusa

Design original de la collection : Labomatic, Paris
Maquette : Stéphanie Lebassard
Couverture : Isabelle Oziel
Photo de couverture : © Gavin Newman/Greenpeace
Cartographie : Arnaud Lebassard

31, rue Faidherbe 75011 Paris
www.lespetitsmatins.fr

ISBN : 978-2-915-87983-4
Diffusion Seuil
Distribution Volumen

À la mémoire de Mario Cravo Neto (1947-2009)
NA TERRA_SOB MEUS PÉS

Pour Prune

Merci à Daniel Vallot et à François-Xavier Chabrol

Merci aussi à Anaïz, Polo, Stéphan, LL, Alexandre,
Roberto, François, Myriam

Cette fiction est inspirée de faits réels. Comme on peut l'imaginer, toute ressemblance avec des situations et des personnages existants ou ayant existé est donc fortuite et n'engage en aucun cas la responsabilité de l'auteur.

« On prendra soin, avant de plonger, de se renseigner
sur les mœurs des squales dans la zone concernée. »
Xavier Maniguet

Prologue

17 novembre.

Caché par le boudin de la cage, j'ai jeté un œil vers la côte. À bord du *supply* du vigile, une lanterne se balançait tranquillement. Le type semblait avoir disparu dans la cabine. Après avoir rincé mon masque, je me suis remis à l'œuvre, la tête à moitié immergée.

Douze des nœuds qui retenaient le filet avaient déjà sauté sous les dents de mon couteau-scie. Tout se faisait laborieusement, sans la moindre lumière, au toucher. Épuisant. Ce ne sont pas deux mais six semaines de préparation dont j'aurais eu besoin. Fernando, un ancien plongeur de combat espagnol, tournait dans le sens inverse. Beaucoup plus vite... Il avait disparu de mon champ de perception depuis un moment. À trente mètres de là, Paolo et Alessandro, des Italiens qui travaillaient d'habitude sur des documentaires animaliers sous-marins, se livraient à la même opération contre une autre cage. Le ciel était nuageux, sans lune, un vent froid soufflait à quinze nœuds et un méchant petit clapot balayait la baie. On avait attendu une semaine de telles conditions. Le site était surveillé 24 heures sur 24.

Devant moi, les bestioles tournaient. Je ne les voyais pas, mais je les sentais... Et c'était grisant. Le courant de la colonne d'eau glissait sur ma combinaison. J'ai pensé qu'elles se doutaient de notre présence, et puis, c'est vrai, j'ai pensé aussi au Français qui avait des parts dans cette ferme maltaise, celle qui avait accueilli ses captures de l'année, et tout ça m'a redonné un peu d'énergie. Le treizième nœud a sauté. Soudain, j'ai senti mon pied qui partait. La surprise m'a fait lâcher le couteau et je me suis enfoncé brusquement. Très vite, mes tympans se sont mis à gonfler. Je me suis pincé le nez pour dépressuriser et me suis mis en boule. Une demi-clé de corde serrait ma cheville. Le filet s'était-il décroché ? Beaucoup plus tôt que prévu ? C'est aux quatre cinquièmes, selon les projections de notre expert, que les filins restants devaient se déchirer et le filet basculer par quarante mètres de fond, aspiré par ses lests. Est-ce que Fernando était allé trop vite ? Ou moi trop lentement ? Je n'avais rien vu venir.

La corde était tendue, la clé en béton... La seule chose à faire était de me débarrasser de la palme. En tirant de toutes mes forces, j'ai réussi à la faire coulisser de quelques centimètres, mais elle semblait agrafée au coin de mon talon. Je continuais à descendre. Sept ou huit mètres. J'étais dans le noir complet, la pression devenait insupportable. Tout s'est troublé. Immobile, paniqué, je me suis déplié. J'allais commencer à manquer d'air... Autant m'économiser. Pour aller où ? Ça ne rimait à rien. Sous forme de réflexe vital, l'une des maximes de mon maître m'est alors revenue à l'esprit : « Pour des raisons physiologiques non éclaircies, une activité musculaire modérée en cours d'apnée recule paradoxalement la rupture. » Il ne fallait pas lâcher. Jamais. Je me suis remis à palmer contre la gravité, puis j'ai senti quelque chose contre mon ventre. Une espèce de masse dure et glissante. Au fond ? La masse bougeait, et moi avec elle. J'ai eu l'impression de remonter et senti un claquement dans mon pied : la palme avait sauté.

Dans un dernier effort, complètement asphyxié, j'ai balancé des coups de pieds et, quelques secondes-lumière plus tard, suis revenu à la surface. Respirer m'a fait exploser les bronches. J'étais dans l'œil de la cage. Des masses noires me frôlaient. Je suis allé m'agripper au boudin, puis, trois minutes plus tard, je suis parti à la nage vers le lieu de rendez-vous.

À mi-chemin, un remous fiévreux a agité la surface de l'eau.

Deux mille thons rouges sortaient de la baie.

Les trois autres m'attendaient en silence, cachés dans l'anfractuosité d'un rocher, le visage grimé.

Une barque est venue nous chercher.

– Tout est OK ? a demandé en anglais le gros type barbu qui était à bord.

Chacun notre tour, on a acquiescé, puis on est montés sans échanger un mot. Je tremblais de froid. Le type a ramé jusqu'à un petit yacht, cinq cents mètres plus loin. Là, on s'est débarrassés de toutes les affaires de plongée, rhabillés, débarbouillés, puis on nous a conduits vers un bateau au mouillage dans la baie de Xemxija.

Le lendemain, on a appareillé pour la Crète.

Première partie

Frontex

1

1er mai, 6 mois plus tôt.

La tête posée contre le hublot, j'avais l'impression d'être le roi du monde. Bilan carbone oblige, ça faisait un bail que je n'avais pas pris l'avion. Et j'avais oublié à quel point c'était bon. Sur le siège d'à côté, une grande et très belle métisse coiffée d'un phénoménal casque afro dormait la bouche ouverte. Après le décollage, j'avais essayé de l'intéresser à l'étonnante texture des nuages... En vain. De l'un des écouteurs de son iPod, tombé sur son épaule, se glissait un mince filet de saxophone.

Luqa n'était plus qu'à cinq minutes. Après avoir penché à droite puis à gauche, l'Airbus a fini par s'aligner avec la piste puis s'est laissé plus franchement tomber. J'ai remis le journal dans mon sac. La petite île baignée de soleil a surgi dans un coin du hublot. Une bande de vingt-cinq kilomètres de long sur dix de large en plein milieu du bassin méditerranéen. Une façade tournée vers l'Afrique, arrondie et régulière, et une autre vers la Sicile, dentelée et écorchée. J'ai mis mes grosses lunettes noires et inspiré profondément. Pour nous, ce bout de terre grillé était le centre du monde.

Au loin, posées sur l'eau, des formes familières se sont détachées des reflets. Une demi-douzaine de gros boudins noirs circulaires d'une cinquantaine de mètres de diamètre. Passé une seconde de flottement, j'ai sorti mon appareil, un Canon 5D, zoomé au max et shooté. On était au large de la pointe sud-est. Sur la carte de mon guide de voyage étaient annotés quelques repérages faits à la va-vite sur Google Earth. Peut-être Mare Blue Ltd. De si haut, les photos ne donneraient rien. Peu importe. Ma mission venait de commencer.

– Qu'est-ce que vous voyez de si intéressant ? j'ai alors entendu dans mon dos. Le ton semblait ironique. Ma voisine me dévisageait, les yeux encore gonflés, mais manifestement prête à se gausser des velléités photographiques du touriste que j'étais.

J'ai haussé les épaules.

– On dirait des espèces de réservoirs...

– Je peux voir ?

Elle s'est penchée vers le hublot. Le sifflet vert fluo qu'elle portait autour du cou m'a effleuré les cuisses.

– Ah, c'est de l'aquaculture, elle a dit d'un ton assuré en se relevant. Il y a des thons là-dedans. Ils exportent ça vers l'Asie...

– Pour les sushis ! je me suis exclamé.

– Exactement.

– Je crois que j'ai vu un reportage là-dessus. Je ne savais pas qu'il y en avait par ici. C'est très... spectaculaire, non ?

– Peut-être. J'ai eu un copain qui travaillait comme plongeur là-dedans. Dans son style, c'est vrai, il était spectaculaire : un vrai malade !

Ce souvenir l'a fait sourire béatement. J'ai immédiatement détesté ce type. Trente secondes plus tard, elle est revenue à moi :

– Pourquoi êtes-vous dans cet avion ? Vacances ?

– Je prépare un travail sur les filières d'immigration, j'ai répondu doucement de ma voix la plus grave. Un travail de fond. Vous savez que Malte joue un rôle de carrefour en la matière ?

Elle m'a dévisagé une seconde, manifestement perplexe, puis a froncé les sourcils.

– Évidemment. Et ça pose quelques problèmes… Vous êtes journaliste ?

J'ai confirmé d'un air entendu et me suis remis au hublot. Les falaises n'étaient plus qu'à quelques centaines de mètres. Et l'on passait de nouveau au-dessus d'une ferme… Quatre cages. Cette fois, je suis resté le dos droit dans mon siège, les mains sur les genoux, en attendant tranquillement qu'on se pose.

– Votre copain, là, j'ai fini par lui demander, où est-ce qu'il travaillait ?

Elle s'est passée les deux mains dans sa boule de cheveux.

– Entre l'île de Gozo et celle de Malte. Il s'occupait de la santé des poissons avec un biologiste. Ces bestioles sont très fragiles : il y en a plein qui crèvent dans les cages. Ça l'obsédait d'ailleurs complètement… Même la nuit avec moi, il était encore sous l'eau à remonter ses thons. Un malade, je vous dis ! Mais ça vous intéresse vraiment ?

Dans ce canal se trouvait l'une des fermes de Charles Borg. Malte était le plus gros producteur de thons du bassin, mais aussi le plus gros blanchisseur de captures illégales. Et Borg était son champion.

– Je pourrais en profiter pour faire un article là-dessus… Vous êtes encore en contact ?

Ma question l'a fait sourire. Peut-être avait-elle du mal à imaginer que l'on puisse s'intéresser à autre chose qu'à elle. Normal.

– Il faut que je rentabilise mon déplacement ! je me suis justifié.

– Malheureusement, on s'est perdus de vue. Je vis sur terre, moi ! Par ailleurs, pour ce que j'en sais, je doute fort qu'ils vous ouvrent leurs portes. C'est assez secret comme milieu. Beaucoup trop d'argent est en jeu. Puis il me semble que vous avez autre chose à faire... Les clandestins ! elle a ajouté en souriant. Vous, je vous vois déjà venir : vous allez encore écrire que les Maltais sont racistes. Je ne suis pas maltaise, mais je les comprends : imaginez qu'en France deux millions d'immigrants arrivent en l'espace de cinq ans... Vous diriez quoi ?

J'ai haussé les épaules.

– Ça, je n'en sais rien ! Je me pose juste des questions. C'est pourquoi je suis là !

Cette couverture commençait à me gratter. Peut-être aurais-je dû la préparer un peu mieux, c'est-à-dire autrement qu'en me faisant faire une fausse carte de presse pour cinquante euros et en passant un quart d'heure sur le site d'Amnesty International.

Quelques minutes plus tard, je me suis levé pour prendre mon tour vers la sortie. Elle rallumait son BlackBerry.

– Pourquoi est-ce que vous avez ce sifflet autour du cou ? j'ai demandé.

Elle a levé les mains au ciel.

– C'est pour éviter que les gens m'emmerdent ! S'ils abusent, je siffle... J'habite à Marseille. Dans le métro, je fais ça tout le temps !

Là-dessus, elle s'est mis le truc dans la bouche et a soufflé un coup sec. Une vingtaine de visages se sont tournés vers nous.

– On dirait que ça marche, j'ai commenté.

Elle a éclaté de rire. Il fallait enchaîner.

– Qu'est-ce que vous allez faire à Malte ?

Je l'imaginais décoratrice ou illustratrice, après une carrière dans la mode. Son mec devait avoir un yacht par ici. Elle a haussé les sourcils et lâché dans un souffle :

– Je suis conseillère en défiscalisation. Freelance. Je travaille pour des banques et des particuliers.

Mes pupilles ont dû doubler de volume. Rien à faire, les pôles opposés s'attirent, je me suis dit en pensant à ma dernière copine, une écolo intégriste végétalienne. Avec elle, tout était source de mauvaise conscience : l'argent, la nourriture, le plaisir.

– Ne vous faites pas d'idées ! elle a repris. Il n'y a rien de passionnant. Cette île est l'un des vingt paradis fiscaux qu'abrite l'Union européenne. J'en fais juste profiter mes clients !

– Il faut absolument qu'on en reparle, j'ai dit avec enthousiasme.

Cette fois, elle a franchement éclaté de rire.

– Vous pourriez faire un petit article, c'est ça ?

J'ai hoché la tête gravement.

– Pourquoi pas ? Vous n'êtes pas obligée de me donner des noms…

Mon insistance a fini par payer. Elle m'a filé sa carte : Melissa Diallo-Pinto, LWT Finance international. Une adresse à Paris, une autre à Marseille.

– Les miennes sont dans mon sac en soute, je me suis excusé.

– Ah… OK. Je vais prendre votre nom sur mon téléphone. Comment vous appelez-vous ?

– Alexandre… Alexandre Ambaz.

Elle a tapoté mon nom et mon numéro avec empressement. J'ai senti des dizaines de regards envieux, français, grecs, anglais, maltais converger sur moi et je me suis pris un instant pour 007. Un court instant. Elle faisait dix centimètres de plus que moi.

Une fois sur la passerelle de transfert, elle a accéléré le pas.

– Je vous laisse, on m'attend là-bas. Au revoir, Alex ! Enchantée d'avoir fait votre connaissance... Au fait, je vais rester quelques jours à Sliema. On se croisera peut-être ? C'est le meilleur endroit pour sortir ! *Ciao !*

Là-dessus, elle a filé en me faisant un délicat signe de la main. Qu'est-ce qu'aurait fait James ? Je suis resté bouche bée. Une apparition. Vraiment sympa, en fait, le coup du journaliste, je me suis alors dit, sans du reste trop comprendre pourquoi. Journaliste ? En tout cas, cette mission commençait au mieux.

2

En janvier 1996, Dinko Tandic était revenu de ses vacances en Australie avec une idée en tête : faire comme ses cousins installés là-bas... Devenir millionnaire. C'est en tout cas ainsi qu'il nous l'avait expliqué. La recette était simple mais révolutionnaire : capturer vivants les thons lors de leur agrégation en bancs, les transférer dans une cage et remorquer celle-ci à très basse vitesse jusqu'à la côte. Il fallait ensuite les nourrir tous les jours avec des petits poissons gras, puis, quelques mois plus tard, une fois atteint un taux de graisse musculaire conforme aux exigences du consommateur japonais, les déposer dans des avions ou des cargos congélateurs. Direction : le marché central du Tsukiji ou d'Aomori, où *sushi men* et grossistes s'arracheraient les meilleures pièces à prix d'or. Le thon rouge, *thunnus thynnus, orientalis* ou *maccoyii* selon son océan de provenance, était le poisson qui rapportait le plus au monde : de 30 à 300 euros le kilo. Certains spécimens partaient même à 100 000 euros pièce. Insensé. Depuis les années 1960, les Japonais étaient complètement fous de ce poisson à la chair fondante, et l'élevage permettait de leur en balancer toute l'année. Plus il était gros, plus il était musclé et gras, plus il se vendait cher.

En Croatie, Dinko avait été suivi de très près par un Australien d'origine croate, Miso Kalic. Au même moment en Espagne, en face des îles Baléares, Francisco Martinez Rebollo se lançait dans la partie aux côtés d'un milliardaire japonais. L'année suivante, c'est Ricardo Marto, un mareyeur au bras très long, qui ancrait à son tour boudins et filets et faisait tourner ses premiers poissons. Une poignée d'Espagnols et de Croates emboîtèrent le pas à ces pionniers. Quant à leurs fournisseurs, les pêcheurs, ils eurent tôt fait de laisser tomber les bancs de petits thons dont les poissonniers européens raffolaient pour leurs étals afin de concentrer leurs efforts sur les gros poissons, ces adultes de 100 à 500 kilos qui, comme leurs parents, leurs grands-parents et leurs arrière-grands-parents depuis des millénaires, passaient le détroit de Gibraltar en avril pour venir se reproduire dans la mer chaude.

Au tournant du siècle, douze fermes parsemaient déjà les côtes espagnoles et croates. De septembre à janvier, cinq mille tonnes de chair de haute qualité filaient vers le Japon. L'or rouge avait fait ses premiers millionnaires. Les années suivantes, Malte, l'Italie, la Libye, la Grèce, la Turquie, la Tunisie, Chypre et l'Égypte étaient entrés dans la danse : les fermes poussaient comme des champignons. Et chaque nouvelle ferme créait un appel d'air qui encourageait un peu plus la surpêche. Les capitaux continuaient d'affluer. Cerise sur le gâteau, les possibilités de contrôle étaient quasi nulles. *Exit* la criée ! Les poissons restaient dans l'eau... À moins d'être plongeur ou mareyeur, on ne savait donc jamais vraiment ce qui avait été attrapé, quand et par qui. Tout n'était qu'estimation, interprétation. Sombre et invisible, la mer est le meilleur lieu qui soit pour un crime.

Fin 2005, moins de dix ans après le début de ce nouveau business, les scientifiques tirèrent la sonnette d'alarme : la population d'adultes en état de se reproduire n'était plus qu'à 20 % de ce qu'elle avait été dans les années 1960. L'asphyxie était proche. Il fallait agir. La mer de méduses n'était pas une fatalité.

3

Pas d'*Anne-Antoine II*, de *Genevieve Prima* ou de *Domenico Papalardo*... Pas d'*Arrabta*, de *Provence-Côte-d'Azur II*, de *Roger Christian IV*, de *Gaetano Padre*, encore moins de *Luigi Padre* ou de *Jean-Marie Christian V*... À Grand Harbour, la hanse principale du port de La Valette, la capitale maltaise, le quai où se rangent d'habitude en épi les senneurs de passage était désespérément vide. Les mantes religieuses avaient rejoint leurs terrains de chasse. Plus de 500 bateaux étaient alors en train de s'agiter par grappes de deux à six dans tout le bassin : 32 français, 160 italiens, 6 espagnols, entre 100 et 200 turcs, 70 tunisiens, une trentaine de libyens, une quarantaine de croates, de grecs et d'algériens. Trois fois trop. Pour un tiers d'entre eux, il s'agissait de bateaux modernes construits dans les années 2000 pour cibler les plus gros poissons.

Fleuron de la pêche industrielle, concentré de technologie militaire, le thonier-senneur méditerranéen est au bolincheur de Saint-Guénolé ce qu'un Hummer est à une Clio. Quarante mètres, moteur turbo diesel de 2 200 chevaux, skiffs, grues de levage et filet tournant, la senne, de deux kilomètres de long... C'est un monstre de vitesse et de performance, un bijou à quatre millions d'euros taillé dans un but unique : encercler au plus vite les 500 à 2 000 bestioles que son patron lui aura indiquées grâce à son nez hors pair (sonar multifaisceaux, sondes, radar à oiseaux, imagerie satellite en direct, ainsi qu'un petit survol en avion au-dessus du banc pour *checker* si ça vaut vraiment le coup).

J'ai posé ma valise, me suis assis sur le quai et, les jambes pendantes, j'ai allumé une cigarette. J'avais une demi-journée à passer ici. Comment la rentabiliser ? Un passant m'a confirmé que les *purse seiners* avaient mis les voiles la veille, au terme d'une semaine de mauvais temps. La pêche à la senne se pratique seulement par beau temps, lorsque le thon remonte en surface pour frayer. Quand le soleil fond, les thons plongent et les bateaux rentrent au port.

Légèrement déçu, je suis allé prendre une chambre au British Hotel, une vieille bâtisse décrépite qui surplombe le quai. Balayant de ma fenêtre du cinquième étage l'ensemble de la zone aux jumelles, je n'ai pas non plus aperçu la moindre trace de *reefers*, les cargos congélateurs qui transportent du thon vers l'Asie, ou de palangriers, des unités en majorité asiatiques qui opèrent grâce à d'immenses lignes à hameçons. Il n'y avait rien à foutre dans ce port.

J'ai attrapé le rapport de Bernard Ambiel, le bénévole de Bordeaux à qui j'allais succéder, et l'ai parcouru pour la quatrième fois en essayant d'y trouver un hypothétique sens caché.

Greenfight International
Rapport provisoire

Samedi 24 mai

Décollage à 14h50 de Malte avec l'avion F-HUNT piloté par M. Franck Badot.

15h20 aux 36°11'N ; 13°03'E: chalutier (blanc, environ 20 m) tirant une cage (50 m de diamètre, vide) direction WNW (280°).

NB : en raison du plan de vol déclaré, le pilote n'a pas pu se dévier. Il m'a donc été impossible d'identifier le nom du bateau.

Le pilote m'informe qu'il n'y a actuellement pas de carburant disponible à l'aéroport. La livraison est prévue pour le mardi 27 mai...

Dimanche 25 mai

Marche à pied de la ville de Pantelleria jusqu'à Cala Tramontana, environ 16 km. La visibilité est bonne : 5 à 7 miles. Vent régulier du sud-est. Entre 15 et 20 nœuds.

Lundi 26 mai

Le vent a soufflé toute la nuit, jusqu'à 35 nœuds.

Marche à pied jusqu'à Scauri, 12 km à l'est. La visibilité est moyenne : 3 à 5 miles. Rien à voir.

Mardi 27 mai

Le vent a soufflé toute la nuit, de plus en plus fort. Jusqu'à 40 nœuds. Ciel couvert.

Le vent a déplacé notre avion, qui était mal attaché. Il a percuté une borne électrique. Nous l'avons rattaché au sol. Selon Franck Badot, cet incident ne remet pas en cause la viabilité de l'appareil.

L'essence qui devait être disponible aujourd'hui ne l'est pas.

Mercredi 28 mai

Vent moyen de 20 nœuds. Soleil revenu. Toujours pas d'essence.

Jeudi 29 mai

Le vent est redescendu à 10 nœuds.

L'essence n'est toujours pas disponible. Les autorisations de vol n'ont pas été transmises par l'Aviation civile italienne à Sud Air Dauphin. Tout ça est très frustrant.

Oiseaux observés ces derniers jours :

Linotte, chardonneret, fauvette passerinette, merle bleu, cisticole, tourterelle turque, pigeon biset, caille, goéland argenté, cochevis huppé, martinet noir, hirondelle cheminée, buse variable, faucon crécerelle, grand puffin, fauvette mélanocéphale, mouette rieuse.

Vendredi 30 mai

Nous arrivons à l'aéroport à 8 h 30 et attendons le préposé au carburant. Il refuse de nous livrer. Selon son directeur à Palerme, à qui j'ai parlé par téléphone, le virement de Sud Air Dauphin n'est toujours pas arrivé de France.

Nous convenons avec Franck Badot de faire un vol court avec ce qu'il reste de carburant.

Nous décollons à 10 h 28 et atterrissons à 12 h 05.

– 11 h 02 : 35°42 ; 12°57 : un chalutier rouge tracte une cage, manifestement pleine, direction 070. Identification impossible.

– 11 h 33 : 35°37 ; 12°14 : un groupe de 8 bateaux italiens, dont 4 senneurs de 25 à 30 m. Immobiles (foto 30/31). Pas de senne à l'eau.

Au retour, j'ai acheté 80 litres de carburant AVGAS 100LL avec ma carte bleue (384 euros) afin de pouvoir retourner en avion à Malte dimanche et retrouver Alexandre Ambaz qui prend ma suite.

Météo, problèmes logistiques, Bernard s'était manifestement tourné les pouces. Dommage, mais au moins il n'avait pas placé la barre trop haut… L'année précédente, ce même Bernard avait passé une dizaine de jours à Malte. En traînant dans un coin reculé, il était tombé par hasard sur une demi-douzaine de têtes de thon jetées dans un conteneur poubelle. Revenu la nuit sur les lieux, il avait alors assisté au transbordement d'une centaine de thons frais entre un palangrier et un *reefer*, le *Princessa Guanamara*. À bord du *reefer*, des ouvriers chinois coupaient les yeux, les viscères, la queue et les branchies, et envoyaient le bloc de chair dans la cale se faire congeler par – 60 °C. La nuit suivante, le même palangrier était au poste, et les thons, cette fois déjà congelés, passaient vers un conteneur frigorifique perché sur un camion. Une surveillance approfondie lui avait permis de constater que ce palangrier revenait tous les soirs pour décharger du thon sans la moindre déclaration. Le *reefer* s'était quant à lui trouvé appartenir, via une compagnie panaméenne, au plus gros industriel espagnol du secteur, Fernando Marto & Hijos. Dûment photographié et documenté, ce « scandale » avait fait des vagues à Bruxelles.

Évidemment, j'espérais moi aussi mettre la main sur une telle pépite. Des portes s'ouvriraient, ma carrière à Greenfight serait relancée. On pouvait toujours rêver... Assistant de l'unité Biodiversité du bureau français, j'étais en charge du dossier le moins intéressant de l'organisation écologiste et pacifiste internationale, tout au moins en France : les baleines. La direction ne me faisait pas confiance. J'étais paraît-il trop impulsif.

Quelques jours plus tôt, lorsque j'avais entrevu pour la première fois la possibilité de cette mission, plutôt spéciale, j'étais parti au quart de tour. C'était un vendredi soir, je sortais de mon bureau un café à la main, en ruminant comme souvent des idées noires, et j'avais croisé Yannick Rouget. Le responsable de la campagne Océans. Cinquante ans. Un puits de science sur tout ce qui tenait à la mer, de la criée de La Turballe aux sources hydrothermales du Pacifique en passant par le système réfrigérant des nouveaux conteneurs Maersk. Le voir une seule fois en conférence donnait envie de s'engager pour toujours. C'est avec lui que j'avais bossé sur le thon deux ans plus tôt. On avait fait Marseille... Une étape fondatrice, quasi mythique. Suivi par une équipe de France 3, le président du syndicat des thoniers méditerranéens, Kader Faouz, avait remué ciel et terre pour empêcher notre bateau de rentrer au Vieux-Port et, on s'en étonne encore, avait entraîné dans son opération d'autopromotion une quinzaine de patrons thoniers avec leurs bateaux rutilants. La bande nous avait barré la route, menacé de couler notre bateau... C'était évidemment la dernière des choses à faire : l'histoire avait occupé les JT pendant trois jours.

Après les récriminations d'usage contre la direction, Yannick m'avait donné des nouvelles du front. La saison de pêche venait de commencer et, comme souvent, Greenfight allait balancer un peu de poil à gratter... L'un de nos trois bateaux, l'*Antarctic Pride*, était proche de Chypre pour suivre les senneurs turcs. Un équipage de quinze personnes. Cinq mille euros de budget par jour. Sous la houlette du bureau français, Yannick pensait, lui, à quelque chose de plus modeste et ciblé : une surveillance aérienne.

Un certain Jean-Pierre Taral, patron d'une boîte de travail aérien basée à Pau et dénommée Sud Air Dauphin, l'avait contacté. Il faisait de l'observation en Méditerranée centrale pour le compte de Frontex, la discrète agence européenne de surveillance des frontières. L'objectif était de signaler les embarcations de clandestins qui tentaient de gagner les côtes maltaises ou siciliennes. Son avion serait opérationnel depuis Pantelleria, une île italienne entre la Tunisie et la Sicile. En pleine zone de pêche. Comme il lui restait une place à bord, il avait pensé à nous. Gratuitement. Bien sûr, il fallait rester discret : Frontex ne donnerait jamais l'autorisation de nous embarquer, mais le pilote et l'observateur avaient été consultés et ils étaient OK.

– De là-haut, on voit tout ! s'enthousiasmait Yannick. Captures, transferts, remorquages... C'est du *scouting* de très haut niveau ! On ne pourrait jamais se payer ça nous-mêmes !

– C'est presque trop beau, non ? j'avais prudemment observé.

– Ouais... En fait, il y a un truc. Le mec a longtemps travaillé pour les armements français... Il faisait du *tuna spotting*.

Le *tuna spotting*, c'est-à-dire le repérage aérien des bancs, était l'arme fatale des thoniers. Son interdiction avait été l'un de nos chevaux de bataille en 2006. Et l'on avait eu gain de cause.

– Il s'est brouillé avec eux l'année dernière ! Il veut se venger... C'est tordu, je sais, mais je lui fais confiance.

– Pourquoi ?

– On m'a dit que plusieurs patrons sétois lui doivent beaucoup d'argent, avait ajouté Yannick en souriant. En plus, il est convaincu que nous donner un coup de main l'aidera à se refaire une virginité et à décrocher des contrats pour le compte des scientifiques, notamment de l'Ifremer et des commissions thonières. Il a sûrement raison. Le Grenelle est passé par là... Le vent tourne !

– Tu as accepté ?

– Il reste à trouver des volontaires.

4

Le bus pour Saint-Paul était un vieux spécimen anglais orange assez funky. On pouvait se mettre à l'arrière pour fumer. La bande FM lâchait de la pop égyptienne et tout le monde avait l'air de bonne humeur. J'ai eu une pensée émue pour mes collègues parisiens.

À en croire Google Earth, la meilleure façon d'y voir quoi que ce soit était de se percher sur les hauteurs nord-ouest. J'ai longé le port niché dans le creux de la baie, puis quitté le faubourg et suivi un chemin de marche en crachant mes Marlboro rouge comme un vrai randonneur. Assez vite, mon genou, marqué à vie par un accident de moto en 2002, s'est rappelé à mon souvenir.

Les boudins noirs circulaires et leurs passerelles bleues d'un mètre de haut ont fini par se détacher, flottant sur l'eau turquoise. Trois rangées de cages fendaient en deux l'entrée de la baie. La plus ancienne et la plus importante ferme de Malte... L'une des plus grosses de Méditerranée. Au pas de course, survolté, j'ai pris de la hauteur par un sentier de pierre qui se faufilait entre deux haies de figuiers de Barbarie. Plus haut, un fort militaire abandonné étalait ses tentacules en ruine.

J'ai sorti mes grosses jumelles. Il y avait treize cages, alignées sur trois rangées. Chaque année, quelque mille cinq cents tonnes de thon sortaient de là... Des dizaines de millions d'euros.

Un petit bateau bleu au fond plat s'approchait. Il s'est collé à l'un des boudins, et, quelques minutes plus tard, un gros tuyau rouge s'est mis à balancer de la matière semi-solide à l'intérieur. Une mixture de sardines ou autres petits pélagiques juste décongelés en provenance des côtes islandaises, mauritaniennes ou sénégalaises. Il en fallait quinze à vingt kilos pour faire gagner un kilo à chaque thon... Qui pouvait encore croire que l'aquaculture était une solution ? J'ai noté le nom du navire, *Maria Lucia,* mais j'avais du mal à voir son immatriculation... Et des bruits de voix m'ont perturbé.

Deux personnes descendaient du fort par le sentier. Un couple. Des touristes. Le type m'a demandé en anglais ce que j'observais, tiquant sur mes jumelles. Son accent avait de louches intonations. Et sur la bretelle de son sac à dos, j'ai vu le signe fatal, celui qui, après *Le Guide du routard*, unit dans la béatitude tous les touristes français à travers le monde : Quechua.

– J'observe... J'observe les oiseaux. Je suis ornithologue ! je me suis entendu répondre en anglais avant de me détourner aussi sec. C'est ce que Bernard, qui est lui biologiste et spécialiste des fourmis tropicales, m'avait dit qu'il lâchait dans de telles conditions. Venant de moi, c'est vrai, c'était plutôt débile.

– Ah, vous êtes français ! Quelle coïncidence !

Je me suis retourné. Ils souriaient maintenant tous deux d'un air sympathique. C'était mal parti.

– On a vu un peu plus haut des labbes à longue queue, a ajouté la femme. Et puis il y a encore des passages de cigognes noires à cette saison, non ?

– Sûrement… j'ai commenté, saisi d'un léger malaise.

Elle m'a tendu la main d'un air affable.

– Pauline Béarte. Université de Pau et des Pays de l'Adour.

– Et CNRS… a ajouté son mari avec un sourire complice.

– Je suis aussi déléguée départementale de la LPV. Et vous, vous travaillez pour qui ?

J'ai reculé d'un pas. La Ligue de protection des volatiles ! La fédération écologiste la plus puissante de France. Des inconditionnels de la plume et de la migration menés par Paul Legrain-Boubec. De grands malades ! En 1995, dans une autre vie, j'avais créé le Front d'extermination des pigeons parisiens (FEPP), ce qui m'avait valu quelques soucis avec des membres de la LPV et avec les autorités préfectorales parisiennes. Le FEPP a été dissous. Ma phobie est restée.

– En fait, je suis surtout un amateur, j'ai bafouillé en maudissant pour la seconde fois de la journée le manque de préparation de mes couvertures. J'aime observer les survols… les survols maritimes !

Le type a eu un sourire un peu condescendant.

– Balbuzard pêcheur, goéland railleur et marouette ponctuée… Ils sont magnifiques par ici. Mais la meilleure saison est passée ! Beaucoup sont repartis au nord… Qu'est-ce que vous avez vu ?

L'envie de les assommer tous deux à coups de jumelles m'a traversé l'esprit.

– Rien ! Je viens d'arriver… Allez, bonne journée à vous !

– Vous aussi ! ils m'ont lancé en chœur.

– Et passez de bonnes vacances ! a ajouté la déléguée générale. Les gens d'ici sont adorables : ils aiment les oiseaux. C'est un vrai bonheur pour les gens comme nous. À La Valette, passez au bureau de Birdwatching International !

– Évidemment ! j'ai fait en me remettant au travail.

Ce type d'incident ne devrait pas se reproduire. C'était tout à fait indigne de ma nouvelle fonction.

Le bateau d'assistance avait glissé vers une autre cage. Et une demi-heure plus tard, après avoir déversé son coulis, il a quitté la zone. J'ai attendu une heure de plus en fumant des clopes, hypnotisé par les reflets au milieu des boudins... Là-bas, sous l'eau, les thons tournaient dans une colonne d'eau, pris au piège d'un marché globalisé, otages de l'incapacité des hommes à comprendre qu'à chaque espèce qui disparaît, un fil de la toile qui les porte se déchire. Ils continueraient à tourner toute la soirée, toute la nuit, tous les jours, les soirées et les nuits suivantes... jusqu'à un beau jour du mois de décembre où, après avoir été gavés de crevettes pour aviver leur couleur rouge et d'ail lyophilisé pour activer leur circulation sanguine, un fil en acier leur traverserait la colonne vertébrale et les immobiliserait pour de bon.

J'aimais ces bestioles. J'en rêvais parfois... Le thon rouge est le plus rapide et le plus endurant des poissons (il traverse l'Atlantique en moins d'un mois, avec des pointes à 70 km/h), celui qui va le plus profond (1 000 mètres), l'un des plus grands et gros (3 mètres, 500 kilos) et l'un de ceux qui vivent le plus longtemps (30 ans). Même ses yeux, globuleux chez la plupart de ses congénères, épousent parfaitement son fuselage... Un miracle d'esthétique, une forme idéale, juste parfaite, comme peuvent l'être un lac de montagne, un tube à Papeete, une 911 Carrera ou Lauryn Hill. Ses cousins, germon, albacore, listao ou obèse, qui constituent 99 % des prises mondiales de thonidés, sont bien loin d'atteindre le même niveau de perfection.

Dans le bus de retour vers La Valette, bercé par la radio, ma sublime voisine d'avion m'est revenue en tête. Au fond, je n'avais pas eu d'ouverture avec une telle bombe depuis des années, depuis la parution dans *Nova Mag* de CIRCULEZ !, ma première série de photographies. Des gros plans sur les contorsions géométriques existentielles des rouleaux de moquette posés par les égoutiers parisiens dans les caniveaux. Une double page. J'ai tapoté du pouce le SMS suivant : « Je passerai à Sliema ce soir. Vous y serez ? » J'allais appuyer sur « envoyer » quand mon téléphone s'est mis à vibrer. Un numéro espagnol. J'ai démêlé les fils de mon oreillette et me la suis collée sur le tympan.

– Salut ! C'est Marko. Marko Herrero. Tu te souviens de moi ?

– Évidemment ! j'ai répondu, surpris que ce type ait mon numéro. Comment tu vas ?

– *Muy bien !* On m'a dit que tu passais par là. On peut se voir ?

Marko était un expert. Anglo-espagnol. Il avait fondé un cabinet d'études, TFT, Tuna Future Technologies, qui faisait la pluie et le beau temps chez les écolos. Je l'avais croisé deux ans plus tôt lors d'une conférence à Dubrovnik où j'avais accompagné Yannick : une grande gueule au langage fleuri, un type qui s'exprimait aussi bien en français – il avait vécu à Marseille jusqu'à dix-huit ans – qu'en espagnol, en anglais ou en italien.

Au milieu des années 1990, les plongeurs du club de Carthagène où il était instructeur s'étaient mis à travailler pour les premières fermes espagnoles. Bouteilles dans le dos, palmes au pied, il avait ancré des cages, tué et remonté des centaines de thons, réparé des dizaines de filets... Très vite, les polyglottes ne courant pas les rues, l'un de ses clients lui avait proposé de devenir le directeur d'exploitation de sa société, Atún International.

En 2004, secoué par un divorce, brouillé avec son patron et alarmé par les avis scientifiques sur l'état du stock, il avait brusquement tourné casaque. Pas question pour autant de lâcher le thon. Ce poisson au sang chaud laisse des traces. Indélébiles. Il avait produit son premier rapport, un panorama de deux cents pages, tapissé de tableaux et de photos. La première tentative de mise au jour d'un secteur qui drainait des centaines de millions d'euros et qui s'illustrait par l'obscurité de ses ramifications mondialisées. L'année suivante, la plus grosse organisation écologiste mondiale, le Fonds international pour l'environnement (iEF), lui commandait un rapport d'analyse critique du secteur : « La course vers les derniers thons ». Puis c'était au tour de Greenfight International de mettre la main au portefeuille : « Thunnus Nostrum ». Son expertise avait plombé nos budgets, mais, sans lui, les industriels auraient continué à nous rire au nez. On péchait par ignorance. En comparant notamment les chiffres d'importation japonaise et les déclarations de capture, et en allant chercher, parfois à prix d'or, l'information là où elle se cachait, il avait démontré que les prises annuelles de thon rouge s'élevaient au moins à 60 000 tonnes par an, le double de ce qui était autorisé. Un authentique hold-up aux dépens de la ressource et du fisc d'une quinzaine de pays. Tout le monde le savait. Lui avait produit les chiffres. Les preuves. Depuis, à l'aide d'une tripotée de contacts et d'informateurs, il continuait à plonger dans les eaux troubles de ce milieu pour en sortir des documents à charge. Des brûlots. Autant d'évangiles.

En vérité, il était très bon signe qu'il s'intéresse à moi, soldat dévoué sans palmarès. Quelque chose devait être en cours.

5

Dans le halo d'un lampadaire, un énorme type me faisait face. Un mètre quatre vingt-cinq et au moins cent cinquante kilos. Une cannette de Coca à la main, habillé d'un short beige, d'un tee-shirt jaune, et pieds nus dans des baskets Nike blanches. Bouc grisonnant, cheveux noirs très courts, petites lunettes rondes et casquette de baseball couronnaient le tout. Un croisement de Michael Moore et d'Elton John.

– Alors, Ambaz ? T'es prêt à aller t'envoyer en l'air pendant une semaine ?

Le français et l'accent méridional m'ont remis les idées en place. C'était Marko. Je me souvenais de lui en costard, les cheveux longs et blancs, sans barbe. Et nettement plus maigre.

– Qu'est-ce qui t'est arrivé ? je lui ai demandé en pointant du doigt la cannette de Coca pour cacher ma surprise.

– Je suis là incognito.

– Effectivement. T'as une putain de tronche de touriste américain !

Il a éclaté de rire. C'est ce qu'il voulait entendre.

– Suis-moi. On va faire un tour... Il y a trop de monde par ici !

On est montés dans un taxi. Marko a demandé au chauffeur de se diriger vers Hamrun, un faubourg à la sortie de La Valette.

– Qu'est-ce que t'as foutu aujourd'hui ?

– J'ai traîné du côté de St Paul's Bay, j'ai répondu. Et toi, tu viens d'où ?

– Milan. En fait, je travaille pour tes collègues de l'iEF, en ce moment, et j'étais ce matin à côté, à Ispra, au JRC, le Joint Research Center. Tu as déjà entendu parler de ce truc ?

J'ai acquiescé. Il a eu l'air un peu déçu. Pour ce que j'en savais, c'était un bunker près de Milan où tout un tas d'experts travaillaient pour la Commission européenne sur les sujets les plus chauds : défense, nucléaire, sécurité civile, génétique, santé publique, immigration...

– Ils ont mis en place une équipe spéciale qui suit le thon rouge, m'a expliqué Marko. Douze personnes. Des mathématiciens et des biologistes. Les meilleurs d'Europe ! C'était une visite de courtoisie, mais en fait ils voulaient me montrer leur tout nouveau système de *monitoring*. En croisant les données des balises VMS et radio avec des photographies satellite Inmarsat, ils prétendent être en mesure de repérer en temps réel une opération suspecte et de balancer le tout à Bruxelles ! C'est du flicage de très haut vol...

Je me suis contenté de hocher la tête.

– Ajoute à ça les douze avions, les quarante-deux patrouilleurs côtiers et les onze patrouilleurs de haute mer que les États de l'Union ont mis cette année en veille... Je peux t'assurer que jamais ces branleurs de pêcheurs n'auraient pu penser qu'ils mobiliseraient tant de monde et d'argent, et à un tel niveau. Vingt millions d'euros... Je les imagine, les gars, dans les jacuzzis de leurs villas sur la corniche de Sète ou de Salerne. Ça doit les faire marrer !

– C'est pas juste du bluff ? j'ai tempéré. L'année dernière, déjà, il y avait des militaires, non ?

– Oui, mais cette fois, c'est autre chose ! La Commission dit même qu'elle va fermer la pêche avant la fin de la saison si la preuve est établie que les quotas sont dépassés. Il faut croire qu'à force de leur foutre la honte tous les ans, vous avez fini par les faire réagir !

– Tu crois que personne ne va tricher ?

Revenir bredouille d'une semaine de *scouting* était la dernière chose à faire pour quelqu'un qui, comme moi, avait désormais pour ambition de rejoindre au siège berlinois la *Research unit* de l'organisation, la discrète unité chargée des opérations spéciales et des enquêtes.

Il a balancé sa cannette par la fenêtre.

– Oh non ! T'inquiète pas pour ça... Les délinquants sont toujours en avance sur les policiers ! Et ces types sont des joueurs : ils vont faire comme ils ont toujours fait, c'est-à-dire n'importe quoi ! Qu'est-ce tu crois ? Jusqu'à maintenant, ils ont toujours été gagnants... Plus encore que le goût de l'argent, ils ont le goût du risque : ils aiment se sentir au-dessus des lois ! Alors, pour eux, Bruxelles, Vigo, Ispra ne sont que foutaises ! Des trous pour enculés de bureaucrates. Peut-être bien que cette année ils feront un peu plus gaffe que d'habitude. Ils seront un peu plus ingénieux dans leur manière de tricher... Mais en vérité, la seule chose qui pourrait les dissuader, c'est une bonne batte de base-ball : grosses amendes, confiscations de bateaux, retraits de permis de pêche... Comme d'habitude, ils ne risquent pas grand-chose et ont bien trop d'argent à gagner. Et je ne te parle même pas des extracommunautaires : les Tunisiens, les Turcs, tous les Libyens, les Croates, eux, ils vont s'en donner à cœur joie !

– C'est toujours la même histoire ! j'ai dit. En faisant le ménage chez soi, on ne fait que transférer ailleurs les problèmes !

– Ouais, il a soupiré. On n'est pas au bout de nos peines. Au fait, tu as des nouvelles de l'*Antarctic Pride* ?

C'était le gros bateau de Greenfight International qui patrouillait au large de la Turquie.

– Pas vraiment. Je ne suis même pas en contact avec eux...

Je n'ai pas osé lui dire ou lui rappeler qu'à Greenfight je n'étais qu'un sous-fifre. Javier Aspalorca, le responsable espagnol du dossier pour l'organisation, me connaissait à peine et, à part Yannick, personne à Paris ne savait que j'étais parti : j'avais pris des jours de congé et prétendu que j'allais en Bretagne.

Marko a levé les deux mains :

– J'ai toujours dit à tes collègues que faire le branquignol avec des caméras n'était pas la meilleure façon de travailler... Ce qu'on peut faire par ici – discrètement – est beaucoup plus intéressant.

– Sauf que Greenfight est comme ça ! Tu le sais. La mise en scène d'actions spectaculaires est un peu notre spécialité.

– Ouais... Au risque d'être à côté de la plaque ! Moi, j'aime le travail de fond.

Brusquement, il a hurlé au chauffeur de s'arrêter et lui a glissé un billet de vingt euros. On a marché quelques minutes dans des petites rues sombres et désertes. J'ai eu l'impression qu'on tournait en rond.

– On est perdus ou quoi ? j'ai fini par demander.

– Pas du tout ! Ils sont une demi-douzaine à vouloir me péter la tronche par ici, alors je préfère ne prendre aucun risque.

Quelques dizaines de mètres plus loin, on s'est arrêtés devant une petite maison.

– Mes bureaux à Malte, il a commenté en tapant de grands coups sur la porte.

Un grand type en maillot de bain et au bide gonflé nous a ouvert. Marko nous a présentés, il s'appelait Rafael, puis on est entrés. On était en fait chez ce type. Tous deux se sont mis à parler très vite. L'anglais maltais de Rafael m'était difficile à comprendre. Pire qu'à Glasgow. Il semblait être question d'une procédure judiciaire qui visait un bateau turc arrivé la veille.

Au plafond étaient suspendues des maquettes d'avions, de bateaux et d'hélicos. Sur la table s'étalait un tas de revues spécialisées : *Janes Defence Weekly, Janes Navy International, Major News, Military Machines, Maritime Journal*... Un bruit de fond baignait le tout. Des types se parlaient en anglais entre deux grésillements.

– C'est la VHS du port, Marko m'a indiqué.

– Il est militaire ?

– Non. Il travaille sur le port.

– Docker ?

– Peut-être. Tu vois tous ces classeurs ? il m'a demandé en me montrant des étagères surchargées. Ce sont des photos de tous les bateaux qui ont un jour fait escale à La Valette. Militaires, pêcheurs, porte-conteneurs, tankers, yachts... Rien de ce qui passe par Malte ne lui échappe ! Et il consigne tout.

– Rafa ! il a alors lancé vers la cuisine. Tu as les bateaux de Greenfight ?

– Bien sûr ! *Libertad, Bob Hunter, Antarctic Pride*... Ils sont tous passés par là !

– Pourquoi il fait ça ? j'ai demandé.

– C'est un passionné, un authentique *boat spotter* ! Il connaît leurs petits noms et leurs mensurations. Et quand un navire change de pavillon pour se faire plus discret, lui, tu ne peux pas le trianguler ! C'est une vraie banque de données. Accessoirement, il renseigne pas mal de monde.

– Comme qui ?

– Va voir du côté de la radio.

Au-dessus du poste était accrochée une plaque de récompense « *special agent* » de l'armée américaine. Sur une photo, le même Rafael, en combinaison de travail, posait au milieu d'officiers US. Les deux se sont remis à parler à toute berzingue. J'ai proposé qu'on aille bouffer.

Rafael est resté devant sa radio. Dehors, en silence, on s'est remis à faire des boucles sans queue ni tête dans les rues sombres.

– Tu pars à quelle heure demain ? Marko a fini par me dire.

– Bernard m'a dit d'être à 9 heures à l'aéroport. Je repartirai direct avec le pilote pour Pantelleria... Au fait, tu as vu son rapport, à Bernard ? Qu'est-ce t'en penses ?

– Tout est possible avec cette opération ! Le jackpot ou la grosse banane ! N'oublie pas qu'on parle d'une île sicilienne...

– Sûrement, j'ai murmuré, songeur. Toi, tu avais déjà entendu parler de ce truc-là, Frontex ?

Sur les sites militants que j'avais vaguement parcourus, Frontex était décrit comme le bras armé de la guerre aux migrants que menait l'Europe, cette même guerre qui faisait chaque année des milliers de morts en mer ou dans le désert. Depuis la fermeture des points de passage par les enclaves de Ceuta et Melilla en 2005, les routes étaient de plus en plus longues et dangereuses, les candidats au départ toujours plus nombreux.

– Ouais. Ils opèrent depuis Malte avec deux hélicoptères de la *Bundeswehr*.

– C'est pas fantastique que Greenfight soit associé à ça, j'ai soupiré.

– Tu crois ? Ils en sauvent pourtant pas mal du naufrage... La Méditerranée est une mer très dangereuse.

– Oui. Puis ils les enferment dans des centres ou les renvoient dans les prisons libyennes...

– Évidemment. Tu te crois où, Ambaz ? il a fait en secouant la tête. Au fait, tu as déjà vu des cadavres ? Quand ils sont gonflés, autant te dire que ça fait une drôle d'impression... Pas d'états d'âme !

– Je ferai des photos ! Ça fera écran.

– De toute façon, l'important, c'est d'être là-haut ! Vous ne pouviez sérieusement pas décliner l'offre, refuser de jouer la partie !

Dans un pub irlandais, une serveuse polonaise nous a servi du lapin en sauce avec des frites et, deux heures durant, Marko m'a emmené en croisière dans les eaux troubles du *tuna business*. Première escale en Libye, le lieu du crime par excellence... Lointain, sombre et inaccessible. En 2001, à l'époque où Kadhafi était encore au ban des nations, à l'époque où même les marchands d'armes n'osaient pas encore s'aventurer dans les couloirs des hôtels de Tripoli, les pêcheurs français, les « meilleurs du monde », avaient créé des *joint-ventures* avec des associés libyens et passé sous pavillon vert leurs plus vieux senneurs. Puis, en 2005, les Libyens s'étaient finement auto-attribué une zone de protection écologique de soixante-deux miles. Le dernier coffre-fort du bassin. C'est ainsi que l'*Antoine-Marie I* s'était transformé en *Deela*, le *Roger-Pierre II* en *El Hader III*, le *Pierre-Salvador* en *Al Nasim*, etc. Une quinzaine de bateaux français avaient fait la mue. Les armateurs s'étaient mis à pêcher sur quotas libyens... Autant dire qu'ils pêchaient sur celui de Jupiter puisqu'aucun inspecteur n'osait jamais s'aventurer dans la zone.

Bière après bière, les anecdotes compliquées se sont enchaînées : *reflagging* de *reefers* panaméens, palangriers asiatiques fantômes le long des côtes algériennes, sous-déclarations systématiques d'entrée en fermes, captures sous taille, vols de cages, blanchiment de thon en Croatie et à Chypre, triples immatriculations de palangriers asiatiques, fermes pirates en Égypte, transbordements en mer, fermes fantômes en Sicile pour pomper les subventions européennes... Les histoires étaient incroyables, mais mon esprit commençait à s'embrouiller. Il était tard. On a convenu de se retrouver le lendemain à l'aéroport.

6

Quelques mois plus tôt, en plein hiver, j'avais tenu à faire le tour des ports thoniers du sud de la France, histoire de voir les bateaux à quai avant la saison, tous les français et leurs amis libyens, histoire aussi de souffler un peu, revenir au *thunnus thynnus,* m'éloigner de ces baleines qui me sortaient par les trous de nez. Ce n'était pourtant pas faute d'avoir essayé... N'empêche. Je n'avais pas chopé le moindre virus. C'est-à-dire qu'entre les cétacés et moi, il restait une certaine distance. Je n'avais jamais vu la moindre baleine ni le moindre harpon et, à l'exception difficilement avouable du Marineland d'Antibes, mon seul contact avec leur monde se résumait à trois dauphins aperçus du pont d'un ferry à destination de la Corse. Ils avaient l'air de bien se marrer.

J'étais avec ma fille de quatre ans dont j'avais la garde. À 20 heures, on avait débarqué à Sète. Le fief des thoniers français. L'obscurité et la brume baignaient le canal de la ville. Magique et lugubre. J'avais l'impression d'être en Irlande à la fin des années 1970... L'armée des ombres prenait possession des lieux.

Les mastodontes flottants, bleus, rouges ou blancs, hauts comme les immeubles qui les entouraient, émergeaient du coton. Une ville dans la ville. Un État dans l'État. J'ai pris un hôtel donnant sur le canal, pile devant deux senneurs ultramodernes de 42 et 44 mètres, *Antoine-Marie VI* et *Antoine-Marie VII*, les vaisseaux amiraux d'Antoine Seccapone, le parrain du milieu. C'était le plus riche et le plus influent de tous les patrons thoniers méditerranéens. Il possédait une quinzaine de bateaux, français, libyens, tunisiens, une ferme à Chypre, des parts dans une autre en Sicile, ainsi que la plus grosse entreprise de mareyage du Languedoc-Roussillon. On disait de Seccapone qu'il avait six villas sur la corniche, une vingtaine d'immeubles et de résidences à Sète, des boîtes de nuit, une série de bordels à la frontière espagnole, des « affaires » un peu partout dans le monde... On disait que sa fille avait fait de la taule pour trafic de drogue, qu'un de ses beaux-fils avait été incarcéré au Brésil, qu'un autre était tombé en France pour tentative de corruption... On disait aussi que la moitié des patrons sétois lui devaient de l'argent, qu'il avait convoyé des armes en Libye, ou encore qu'un ou deux cadavres traînaient dans ses placards. On disait beaucoup de choses sur Seccapone. Des balivernes, des fantasmes à la mesure du personnage, craint et respecté.

Quoi qu'il en soit, major de la prud'homie des pêcheurs de Sète depuis vingt ans, il avait imposé sa loi à l'univers opaque de la pêche méditerranéenne, fait et défait les affaires de la ville et obtenu l'impunité des politiques sur certaines des pratiques de pirate de sa profession. Les élus étaient à ses pieds. Même le ministre de l'Agriculture et de la Pêche venait lui baiser la main à chaque passage dans la région. Associé à Charles Borg, l'empereur maltais du business, à Fernando Marto & Hijos, son équivalent espagnol, aux puissants thoniers et engraisseurs de Palerme, à la grande Mitsubishi Corporation japonaise, au beau-fils du président tunisien et à rien de moins que l'un des Kadhafi Junior en Libye, c'est peu dire que Seccapone avait le bras long.

Le resto de l'hôtel proposait en guise de « criée du jour » du dos de cabillaud. Le cabillaud n'est pas pêché en Méditerranée. Absurde ! J'ai envoyé tout un tas de SMS à des amis à Nantes et au Havre pour raconter ça... Tu parles d'un port de pêche ! Ma fille a pris des moules et moi des huîtres de Bouzigues.

Vers deux heures du matin, sentant les crampes me saisir les entrailles, j'ai eu des éclairs de lucidité. Ou de délire. L'un des serveurs avait vu ma carte dans mon portefeuille. Peut-être bien même que j'étais attendu... Ces mecs savaient tout, les RG roulaient pour eux.

Ils avaient ressorti les huîtres pourries.

Aucun doute possible : le resto, et peut-être même tout l'hôtel, appartenait à Seccapone. Je suis resté prostré en gémissant dans mon lit jusqu'au petit matin.

Vers huit heures, entraîné par ma fille, j'ai réussi à poser les affaires dans la voiture, puis je me suis effondré sur un banc, en face de l'étrave de l'*Antoine-Marie VII*. Un tel mouvement m'avait démoli : je me suis précipité vers le bord du quai et tout est sorti par saccades.

– Papa ? Qu'est-ce tu fais ? T'es malade, là ?

– Oui. Ça va passer, t'inquiète pas !

– Il est gros le bateau, hein ?

– Oui. Très gros. Très gros. Trop gros.

Quatre mètres plus haut, des types nettoyaient le pont du senneur. D'autres passaient de délicats coups de pinceau. Ma fille s'est mise à dessiner sagement. Elle avait compris que j'étais trop ravagé pour faire quoi que ce soit. La nausée absolue, des dégâts comme seuls les fruits de mer peuvent en faire... Tous les quarts d'heure, des spasmes me secouaient : j'allais me vider dans l'eau devant le senneur et revenais m'affaler sur le banc.

C'est à cause de Seccapone et de quelques autres que la plupart des gens voient les patrons thoniers comme de véritables braqueurs des mers, ce que très peu sont réellement. Peu importe ce qu'il restera du thon rouge dans quelques années : son fric sera à l'abri à Chypre ou aux îles Vierges. En prime, il touchera de l'argent public pour que ses bateaux partent à la casse. Et il s'en ira investir ailleurs... Curieux calcul pour ce fils et petit-fils de pêcheurs.

– Je suis sûre que ça va aller ! ma fille m'encourageait en me faisant part de ses rêves : devenir dessinatrice d'Hello Kitty ou funambule.

Au bout d'une heure ou deux, du haut du pont, l'un des types – j'aime à penser que cet événement a été rapporté à Seccapone – m'a demandé d'aller plus loin « continuer mes affaires ». J'ai vaguement levé le bras et le majeur en signe d'impuissance. Ma fille s'est chargée de lui répondre d'une petite voix stridente :

– Tu vois bien qu'il est malade, mon papa. Et ton bateau, il est trop gros ! C'est pas bien, ça !

Le type a haussé les épaules et s'est remis à frotter. Trois minutes plus tard, je suis retourné cracher un peu de bile dans l'eau. Puis, j'ai pu respirer à nouveau. C'était la fin. Ma fille a fini son septième dessin, une petite barque entourée d'une multitude de traits turquoise et de subtiles touches rouges et vertes. La brume s'était levée. Le soleil brillait pour la première fois de la semaine.

J'ai attaché ma fille sur le siège arrière de la voiture et, reprenant mes esprits, poussé jusqu'à Port-Vendres, le deuxième grand port thonier méditerranéen, à quelques kilomètres de la frontière espagnole. Là-bas, suivant le conseil de mon collègue Yannick Rouget, j'ai appelé un patron thonier du cru, Christian Di Rollo. Depuis quelques mois, il parlait aux écolos. Il avait de gros problèmes d'argent et un juge d'instruction de Montpellier l'avait mis en examen. On lui reprochait d'avoir vendu lors de la saison de pêche précédente du « quota papier ». Une pratique assez courante : un pêcheur déclarait par exemple avoir pêché cent tonnes alors qu'il n'avait rien capturé du tout et « vendait » sa cargaison fictive à un engraisseur, par exemple turc, lequel régularisait ainsi sa surpêche. Di Rollo avait dû faire bien pire, mais il s'était fait pincer et risquait gros. Depuis, il voulait faire bonne figure.

On s'est retrouvés sur le port. C'était un type d'une soixantaine d'années. Petit, cheveux blancs, gros pull rouge, lunettes de soleil, blouson de sport et bonnet bleu vissé sur le crâne. Il était venu avec un vieux VTT. Il a regardé de tous les côtés d'un air faussement désinvolte avant de s'approcher de nous et de me serrer la main.

– Enchanté, enchanté ! Ça me fait très plaisir de parler avec vous, les écolos ! C'est ce que j'ai dit à Yannick... La guéguerre, c'est fini ! On se tutoie ?

Deux ans plus tôt, Di Rollo s'était ridiculisé à Marseille aux côtés de Kader Faouz lors du pseudo blocage du port. France 3 en avait tiré un épisode du magazine télé *Strip Tease*. Pour les fiers patrons thoniers, la pilule était difficile à avaler.

– Mais on ne va pas rester là ! il a ajouté. On va passer chez moi prendre un verre. C'est ta fille ?

– Oui. Elle aime les bateaux.

– Ça tombe bien. L'un de mes petits-enfants est à la maison. Ses parents travaillent à Perpignan et la maîtresse est malade. Ces fonctionnaires, ils n'en ratent pas une !

On a mis son vélo dans mon coffre, il s'est installé à côté de moi et m'a indiqué le chemin jusqu'à un petit pavillon à la sortie de la ville, à la bordure d'une zone d'activité.

– C'est une location... Provisoire. À cause de tous mes soucis, j'ai dû vendre ma villa de Collioure... Quelle année !

Ma fille est montée à l'étage avec le mini Di Rollo, et l'on s'est installés dans le salon sur un gros canapé en imitation cuir. Il est allé chercher deux Kronenbourg.

– Ça ne s'arrange pas ?

– Non. Ma banque me fait des misères à cause de la saison que j'ai ratée. Je leur dois une montagne de billets. Et, comme par hasard, le fisc s'en mêle.

– Ah, les banques ! j'ai lâché d'un ton que je voulais compatissant. Tu n'as pas de... réserves ?

Je l'imaginais comme tout patron thonier avec des magots en pagaille dispersés dans des paradis fiscaux.

– Si seulement, mon ami, si seulement ! J'ai une hypothèque sur mes trois bateaux et je ne sais même pas si je pourrai faire la prochaine saison. Mais je ne me plains pas... Je n'en ai pas le droit : j'ai fait des conneries et aujourd'hui je paie l'addition. Mais je ne pensais pas qu'elle serait si salée.

– Tu n'as jamais eu l'impression de franchir la ligne rouge ?

– Oh si. Bien sûr. Mais tout était là, justement. La ligne rouge ! Elle nous guidait. Comment dire ? C'était une époque bénie. On a lancé la machine, on a fait la Libye... Puis on a abusé. C'est vrai ! On avait faim et on a eu les yeux plus gros que le ventre...

Il secouait la tête, mi-coupable, mi-fasciné.

– J'ai déconné. Plutôt moins que les autres, mais j'ai déconné, je l'avoue.

– Mais tu as gagné des millions !

– Certains ont gagné des millions, certains. Les mêmes certains qui me mettent aujourd'hui des bâtons dans les roues... On m'en veut parce que j'ai réussi. Mais je n'ai pas pour autant oublié d'où je viens. J'ai gardé la tête sur les épaules. Je dis certaines choses. Certains ne l'acceptent pas.

– Seccapone ?

Son visage s'est fermé d'un coup.

– En Méditerranée, on ne donne pas de noms... Mais cette affaire n'est qu'une vaste farce. Attends que je trouve un bon avocat !

– Qu'est-ce que tu vas faire si tu dois arrêter le thon ?

Il a levé les deux mains au ciel.

– Aucune idée. Je suis à genoux ! J'ai toujours travaillé le thon. Le thon, c'est une vraie drogue. Un coup de senne dans une compagnie de cent tonnes, je peux te dire que c'est quelque chose. C'est...

– Une impression de toute-puissance ?

– Tu l'as dit. Je voudrais tant partir encore une fois... Essayer de me refaire. Mais si j'arrive à trouver des fonds, je me dois d'être exemplaire... Comme on devrait tous l'être ! Grâce à vous, les écolos, on a compris tout ça. C'est dans mon sang aujourd'hui. On sait qu'il faut respecter nos quotas. On sait ça. On a beaucoup changé. Aujourd'hui, je le dis en cent, en mille et partout : l'important, c'est mes enfants et mes petits-enfants, point barre ! Je veux juste qu'ils puissent eux aussi faire ce métier, le plus beau du monde, le mien et celui de leurs ancêtres.

L'apéritif s'est transformé en déjeuner et j'ai écouté Di Rollo me raconter son histoire. Captivé. Des éclats de voix venaient de la chambre des enfants. J'avais l'impression d'être en famille. Ce type était incroyablement sympathique, franc et chaleureux.

Originaire de Cetara, en Campanie, sa famille avait migré en Algérie à la fin du XIXe siècle avant d'être rapatriée à Port-Vendres en 1962. Une déchirure de plus. Mais dans leurs bagages se trouvait un nouvel engin de pêche de surface : la senne tournante. Comme une poignée d'autres pêcheurs italiens d'Agde ou Sète, dont les frères Seccapone, Christian était alors passé de la sardine au thon : campagnes côtières dans le golfe du Lion, puis le golfe de Gênes, bateaux de 17 puis 24 et bientôt 30 mètres... Les campagnes hauturières aux Baléares à la fin des années 1980, au moment où le marché japonais commençait à aspirer le thon loin de *mare nostrum*, puis les premières fermes d'embouche avaient propulsé le secteur dans l'ère de la mondialisation et des profits à six zéros.

Deux heures plus tard, presque à regret, tous mes préjugés sur les patrons thoniers partis en fumée, je me suis levé.

– Christian, on va y aller. On doit être à Montpellier ce soir...

Il avait l'air ennuyé.

– Merci de ta visite... Et je l'ai dit à Yannick, je te le répète ; je suis prêt à tout faire pour vous aider à coincer ceux qui déconnent encore.

7

À la cafétéria de l'aéroport, Marko s'est levé pour serrer la main du pilote. Puis, il a ajouté avec un anglais à l'accent australien parfaitement contrefait :

– *Alan... Nice to meet you !*

– *Nice to meet you. I am Franck !* le mec a répondu d'une voix forte avec un accent français à couper au couteau.

Arrivés de Pantelleria, lui et Bernard Ambiel venaient de nous rejoindre. Ils avaient une heure de retard. Le troisième type, l'observateur, était resté là-bas. Franck était vêtu d'un uniforme bleu marine et d'un gilet jaune fluo. Il était assez grand et corpulent, âgé d'environ quarante-cinq ans. Sa coupe au bol, son visage un peu gras et mouillé de sueur lui donnaient l'air d'un figurant dans *Kaamelott*.

– Les gars, il a ajouté, je vous laisse cinq minutes : il faut que je fasse quelques courses. En revanche, quand je reviens, on file direct. Il faut faire le plein avant de repartir pour Pantelleria... Et la journée va être longue !

– OK. Je t'attends là, j'ai dit.

Bernard s'est assis et a sorti son ordinateur. Il avait un pantalon de treillis, un pull marine bleu foncé et des chaussures de randonnée dernier cri.

– Alan ! il a fait en secouant la tête, un vague sourire aux lèvres.

– Quoi ? s'est exclamé Marko. Je ne veux pas que ces types sachent que je suis là... Je ne les connais pas. D'abord, pourquoi est-ce qu'il a un uniforme de pilote, celui-là ? Un pilote privé ? ! C'est n'importe quoi !

– Bah... Bernard a fait lentement d'une voix traînante mâtinée d'accent suisse. Il est gentil, lui... L'autre aussi d'ailleurs. Mais tu vas voir, Alex, il a ajouté en se tournant vers moi. Il va falloir être très, très patient ! Ce type et son collègue sont vraiment des drôles de gars. C'est un peu des pieds nickelés ! Il y a ces problèmes d'autorisation et de carburant... C'est pas gagné.

Marko et moi avons échangé un sourire.

– T'es content de partir, alors ? j'ai demandé.

– Disons que la semaine a été un peu pénible. Je n'ai presque rien fait. En revanche, ce matin... à l'aéroport...

Nous l'avons fixé gravement.

– Un coup de bol...

– Quoi ? Dis-le ! s'est emporté Marko.

– Il y avait deux bimoteurs italiens, immatriculations I-GIMT et I-FONO, deux Partenavia P-68. Ils ont dû arriver hier soir... J'ai réalisé en les voyant que les équipages avaient dormi au même hôtel que nous. Et ils ont décollé en annonçant Lampedusa comme destination à la tour.

Marko lui a donné une grande tape dans le dos.

– Bingo ! Ça, c'est une putain de bonne nouvelle ! Ça va bouger ! Tu as des photos ?

– Bien sûr ! Bernard jubilait.

– En vol ?

– Oui. Au décollage.

– C'est du bon boulot, Marko a conclu, hilare. La vérité, c'est qu'ils n'arrivent pas à s'en passer de leurs putains d'avions ! Ils ont toujours travaillé avec ! Di Rollo me l'avait dit que ça allait voler cette année.

– Ah bon, j'ai observé. Est-ce qu'il est parti en campagne cette année, finalement, Di Rollo ?

– Oui. Marto, le mareyeur espagnol, lui a prêté un million. Il le tient par les couilles ! Bon, Alex, a continué Marko, s'ils sont toujours à l'hôtel ce soir, ces types, essaie de les prendre en photo ! Mais attention, ces ritals, à côté d'eux, les Maltais et même les Siciliens sont des enfants de chœur...

Personnellement, je ne voyais pas ce que cette nouvelle avait d'extraordinaire. Des avions décollent et atterrissent, OK... Ce sont des modèles généralement utilisés par les thoniers. De là à ce qu'ils bossent vraiment pour eux...

– Tu es sûr qu'ils *spottent* ? j'ai demandé. Peut-être qu'ils font du... Deux ans après l'interdiction, ça me semble un peu risqué, non ?

– Qu'est-ce qu'ils foutraient dans cette zone à ce moment ? m'a interrompu Marko. Des P-68 ! Ils arrivent comme par hasard le jour où le beau temps revient ! Tu crois au Père Noël ou quoi ?

– L'année dernière, ces deux avions, on les a observés du *Bob Hunter* en train de guider une opération de pêche, a ajouté Bernard.

Marko m'a toisé de haut :

– Je me suis même procuré leurs déclarations de vol à Lampedusa. Ce sont des putains de récidivistes !

– Ils bossent pour le consortium de Salerne, a continué Bernard. Les photos sont dans *Tuna Pirates*, renseigne-toi !

C'était notre dernier rapport, un catalogue hétéroclite des irrégularités de la saison précédente. Je l'ai sorti de mon sac. Trois pages concernaient les survols, accompagnés de photos des avions et de fac-similés de déclarations de vol.

– Alex ! Il faut que tu comprennes, Marko a dit d'une voix plus calme, c'est maintenant que les avions commencent à bosser ! Le soleil brille, la mer est calme, la température de l'eau en surface passe au-dessus de 23 °C. Les thons remontent des profondeurs et s'agglutinent. Grosses tâches noires, éclats blancs et bleutés... Ce ballet ne passe pas inaperçu ! Les mecs balayent les zones de pêche, signalent les mattes en pleine copulation et paf, les bateaux rappliquent à 18 nœuds pour les encercler !

– Un bon pisteur estime avec seulement 5 % d'erreur le tonnage et la composition du banc survolé, Bernard a ajouté d'un ton docte.

– Une fois les bateaux sur zone, Marko a repris, l'avion continue à jouer un rôle : le pisteur les guide en fonction des mouvements de la matte... La vitesse d'encerclement avec la senne est un élément crucial ! Il faut laisser le moins de chance possible aux poissons !

Bernard l'a interrompu :

– Cela dit, Marko, Alex a raison : avec l'interdiction totale et le plan de surveillance, tu ne crois pas qu'ils prennent beaucoup de risques ?

– Peut-être, mais ils essaient d'avoir les autorités à l'usure... Les gars disent aujourd'hui que l'assistance aérienne était le meilleur moyen de pratiquer une pêche responsable et sélective ! Ils prétendent qu'elle leur permettait de cibler les plus gros, de laisser de côté les juvéniles et d'économiser du carburant... En réalité, les avions leur permettent surtout de repérer plus de poissons, d'être plus performants dans l'opération de pêche et donc d'en prendre beaucoup, beaucoup plus... La vérité, c'est qu'ils n'arrivent pas à se passer de leurs avions ! Et ils se disent peut-être que les autorités vont fermer les yeux. Souviens-toi qu'en 1997 la commission thonière a interdit l'utilisation d'avions pendant le mois de juin.

Des foutaises !Le business était en plein boom... Année après année, cette résolution a eu à peu près autant de valeur que celles de l'ONU en Bosnie.

Après quelques secondes de pause, Marko s'est tourné vers moi :

– Alex, si tu en vois d'autres, photographie-les au parking, mais surtout en vol, décollage ou atterrissage ! C'est ainsi qu'on montre qu'ils sont opérationnels !

– Je ne suis pas sûr de comprendre, j'ai fait. Qu'est-ce que ça prouve de les avoir pris en photo dans un aéroport ? Même au décollage... Ils ont bien le droit de voler, ces avions, non ?

– Non. Certains, comme ces deux italiens, appartiennent en direct aux thoniers. Il faudra qu'ils expliquent les raisons de leur présence dans la zone... Si ce sont des avions loués, c'est clair, ce sera plus difficile à prouver. Même s'il n'y a aucun doute ! Aucun doute. Comme ils utilisent tous les mêmes avions, des bimoteurs, Cessna 337 ou Partenavia P-68, tu peux au moins interroger les autorités sur la raison de leur présence. Bien sûr, l'idéal est de les choper en mer en train de tourner autour d'un banc ou au-dessus du groupe de bateaux pour lequel ils travaillent ! Ainsi, on fait le lien direct avec l'armateur ! Mais pour ça, il nous faudrait l'un de vos bateaux !

– OK.

– Tu as ma base ? Les photos des avions suspects de ces dernières années ?

– Ouais, j'ai répondu. Yannick m'a filé son disque dur. J'ai aussi tous les bateaux. Je ferai ce que je peux.

– On va se les faire ! Marko a ajouté. Moi, demain, je vais à Lampedusa ! Je vais appeler mon pilote.

Bernard m'a tendu une clé USB.

– Mon rapport et les photos !

J'ai sorti mon Mac et transféré le tout.

– Au fait, Alex, a continué Bernard. Je suis content que tu sois de retour parmi nous...

Je me suis détendu.

– Moi aussi. Mais ça n'a pas été facile... J'ai pris des vacances et j'agis à titre bénévole. Je suis à moitié clando. Yannick n'était pas chaud du tout pour que je parte... Pour la direction, je ne suis pas censé travailler sur le thon. Tout est tellement compartimenté. Heureusement, personne d'autre n'était dispo. Et on n'est pas nombreux à connaître un petit peu le dossier.

– Je n'étais pas au courant, Marko a dit en secouant la tête. Quelle bureaucratie de merde !

Une cannette de Coca à la main, le pilote est alors revenu accompagné d'un type de l'aéroport, également recouvert de l'inévitable gilet fluo. Il m'a fait un signe. J'ai attrapé mon sac et l'ai suivi à travers le sas de sécurité en tendant à une hôtesse un petit bout de papier sur lequel était marqué PVT pour *PRIVATE*. Vol privé.

8

Dans la vieille 205 beige siglée « Malta-Luqa International Airport » qui nous conduisait vers son avion au parking, Franck a tout de suite tenu à mettre les choses au point. D'habitude, il travaillait sur des Boeing 707. En Afrique. Curieusement, cette nouvelle m'a assez peu rassuré.

– Où, exactement ? j'ai cru intelligent de demander.

– Entre la République démocratique du Congo et l'Angola.

– Et qu'est-ce que tu transportes ?

– Dans ce métier, tu sais, mieux vaut ne pas trop poser de questions !

– J'imagine... Surtout dans cette région... Et tu travailles pour qui ?

– C'est-à-dire... dans ce métier, on ne sait jamais trop. Souvent pour la famille Kabila... Parfois pour d'autres.

– Ah bon, j'ai fait, partagé entre la consternation et l'incrédulité.

– Mais quand ce boulot sera fini, je vais partir avec Aviation sans frontières, faire des missions avec eux, toujours en Afrique. On transporte des médicaments, des infirmières, des vivres. C'est bien, non ? Je leur ai donné mes dispos, il suffit qu'ils m'appellent... J'ai l'expérience ! Qu'est-ce t'en penses ?

Je me suis gratté la tête pour dire un truc intelligent.

– C'est une bonne idée : les ONG marchent à la bonne volonté et à l'expérience. En fait, c'est un peu leur carburant.

Il a éclaté de rire.

– C'est tout moi, ça : expérience et carburant ! Puis, après quelques secondes, il a repris d'un ton plus grave : au fait, Bernard a dû t'en parler, mais là-bas, à Pantelleria, il ne faut surtout pas parler de Greenfight ! C'est à cause des Italiens qui sont arrivés hier. Je ne voudrais pas qu'ils nous sabotent l'appareil. Si c'est juste des mots, peu importe ! Mais des sucres dans le réservoir, c'est facile à faire... Alors on ne parle que de Frontex, OK ?

– Bien sûr, j'ai répondu. Évidemment, Frontex !

Quelques minutes plus tard, le chauffeur de l'aéroport nous a déposés devant un petit avion blanc aux ailes hautes, quadrillé de lignes bordeaux et immatriculé F-HUNT. Un camion-citerne a pilé devant nous et deux types en sont sortis.

En les regardant s'activer autour des ailes pour faire le plein, Franck m'a demandé :

– Tu connais cet avion ?

J'ai fait non de la tête. Ayant milité pour son interdiction, j'en avais quand même vu quelques photos.... Celui-ci était à coup sûr l'un de ceux qui avaient été utilisés par notre hôte, Jean-Pierre Taral, quand il travaillait pour les thoniers.

– C'est un Cessna 337 Skymaster, il m'a expliqué. Un *push-pull*. On l'appelle comme ça parce qu'il a une hélice à l'avant qui tire, et une autre, à l'arrière, là, qui pousse. Sympa, non ? Il est agile et endurant. Normalement, il a une autonomie de cinq à six heures, mais celui-là, c'est un *long-range* : il a un troisième réservoir dans le cockpit. On peut voler jusqu'à dix heures !

– Tu en pilotes souvent ?

– C'est la première fois ! il a lâché d'un ton victorieux. Ça me change des Boeing, je peux te dire... Mais c'est prestigieux, les *push-pull*. Les Américains en ont utilisé plein au Vietnam !

Je n'avais jamais entendu parler de ça.

– Ils étaient armés ? j'ai demandé.

– Bien sûr, qu'est-ce tu crois ? En fait, ils faisaient du repérage et lâchaient du phosphore pour marquer les cibles. Ça faisait une grosse fumée jaune et, de là-haut, les B-52 balançaient la purée ! Plus de deux cents y sont restés, démolis par les Viets ! Ah, j'aurais aimé vivre cette période, je peux te dire...

– Ah ouais ? Pas moi !

– T'es pas pilote, c'est pour ça.

– Peut-être bien, ouais, j'ai conclu, après un long silence. Il commence à me chauffer un peu, ce mec, je me suis dit.

Une fois les ailes gorgées de carburant, les types ont filé et il a ouvert le cockpit. J'ai posé mon sac à dos sur l'unique siège arrière et l'on s'est installés à bord. Franck a poussé tout un tas de loquets, puis a allumé les moteurs. Très vite, on s'est dirigés par à-coups vers une des pistes. Appareil photo et jumelles autour du cou, casque audio et micro sur la tête, lunettes de soleil sur les yeux, j'étais paré. Dans un vacarme invraisemblable, on a décollé en quelques secondes sur à peine deux cents mètres. Comment cette petite carlingue pouvait tenir en l'air ? Mieux valait ne pas trop se poser de questions.

Une fois en vol, la tour de contrôle nous a rappelés à l'ordre. Manifestement, contrôleur et pilote ne s'étaient pas très bien compris sur le cap.

– Il m'a dit *thirty*, j'ai pas rêvé ! Pas *sixty* ! La voix de Franck s'emballait de rage dans mes écouteurs. En plus, il parle un anglais de petit nègre, ce type. De toute façon, ici, ce sont des Arabes… Ils sont dans l'Europe mais c'est des bougnoules, moi je te le dis ! Rien à en tirer.

– La radio grésille, j'ai observé calmement. Il ne faut pas faire de généralités !

– Oh si ! Il y a des signes qui ne trompent pas. Crois-moi ! Ici, ça se voit qu'on est vraiment près de l'Afrique !

La semaine qui venait m'est apparue soudainement moins lyrique. Cinq heures de vol par jour aux côtés d'une espèce de frontiste. Le regard fixé sur les falaises acérées, j'ai imaginé les Maltais dans leur tour en train de se foutre de la gueule de ce « connard de Français », puis j'ai allumé le gros GPS au-dessus de mes genoux et tâché de le bidouiller. Fort heureusement, on s'est tout de suite assez bien compris. Ce serait mon outil de travail des jours à venir : voir, localiser, décrire au dictaphone, observer aux jumelles, photographier. Et, en vérité, si haut perché, sous les ailes du *push-pull*, la perspective était impressionnante. J'avais 300 degrés de visibilité.

Un quart d'heure plus tard, j'ai distingué au loin deux masses blanches arrêtées, peut-être deux bateaux en pêche ou bien – je pouvais toujours rêver – un transbordement illégal. J'ai attrapé mes jumelles. Impossible d'y voir quoi que ce soit. On était vraiment trop haut. L'altimètre indiquait 1 500 pieds, 450 mètres. Le zoom de mon reflex ne donnait rien non plus. J'ai ajusté le micro devant ma bouche.

– Tu ne peux pas voler plus bas ? Il y a deux bateaux collés là-bas…

– Impossible ! Je suis sur plan de vol. Et mon itinéraire est entendu avec Pantelleria… Je ne peux pas descendre, ni vraiment m'écarter. De toute façon, on est passés par là en venant. C'est rien, ça, là-bas ! Bernard l'a vu. Il a pris des photos.

– OK.

La carlingue s'est alors mise à remuer violemment. Une perturbation. Une drôle d'odeur est immédiatement venue me chatouiller le nez.

– Ça sent l'essence, non ? j'ai demandé à Franck, le souffle coupé.

– Ah, toi aussi ? Un petit peu, c'est vrai, il a ajouté, perplexe. Bon. On verra ça tout à l'heure.

– Le type de l'aéroport en a peut-être renversé sur l'aile...

– Ça, ça m'étonnerait ! Elle se serait déjà évaporée. De toute façon, il n'y a pas de raison de s'inquiéter : j'ai tout contrôlé ! Et puis l'avantage d'un bimoteur, c'est que tu peux atterrir avec un seul...

À l'arrière, sur le siège passager étaient posés négligemment trois gilets de sauvetage. Je me suis concentré sur l'horizon, mais l'odeur ne passait pas. Instinctivement, j'ai mémorisé notre position : 36° 12' 51 N, 13° 04' 40 E. Il était 11 h 23.

Après quelques minutes, j'ai réussi à me reprendre.

– Il a quel âge, cet avion ?

– Il est de 1976, Franck m'a répondu. Enfin, un truc comme ça... Il a été construit dans la filiale que Cessna avait à l'époque à Reims.

– Le même âge que moi, j'ai observé d'une voix atone.

– C'est la carlingue qui est de 1976. Les moteurs, eux, ont dû être changés plusieurs fois ! Enfin, je pense...

Vu le nombre de bateaux qui croisaient dans le coin, il fallait être optimiste : si on parvenait à amerrir sans trop de dommage, on aurait probablement une chance de s'en sortir. Melissa Diallo-Pinto viendrait me voir à l'hôpital de Malte... Elle apprécierait.

L'odeur a fini par s'atténuer.

– Qu'est-ce que tu dois faire si jamais on voit une embarcation d'immigrants ?

– Un *boat people* ? Il semblait assez étonné par ma question. Là, maintenant ?

– Ouais.

– Eh ben… On appelle la tour de… Rome, c'est 4536 ou 4038 ou alors Malte, ou bien la tour de contrôle la plus proche, comme on veut. En fait… tu vois… le truc c'est qu'il faut prévenir assez vite !

Remettant les yeux dans mes jumelles, en respirant doucement, j'ai médité sur cette réponse. Il était tout de même curieux qu'une procédure un peu plus carrée ne soit pas en place. Des militaires coordonnaient tout ça ?

Il a ajouté d'une voix nettement plus assurée :

– Moi, je ne suis que pilote, tu sais… C'est Noël, l'observateur, qui s'occupe de ça. C'est lui qui transmet à Frontex !

– Je comprends.

Mais je n'étais pas sûr de comprendre. Pas sûr du tout… Pourtant, Bernard n'avait rien remarqué d'anormal. Et ce n'était pas le dernier des cons.

– Comment s'appelait le type avec qui tu étais à l'aéroport ? il m'a demandé d'une voix soupçonneuse.

– Alan ! Il est Australien. C'est un biologiste, un ami de Bernard… Il fait des recherches sur les migrations d'oiseaux. Très sympa.

– Ah bon… il a conclu d'un air songeur.

Une demi-heure plus tard, le grésillement de la radio a repris. Un gros bout de terre noire était en vue. Pantelleria. Un immense volcan secondé de ses vieux frères trônait au milieu de l'île. À flanc de colline se dégageaient une piste d'atterrissage et quelques bâtiments.

Franck m'a signalé du doigt le Lago Specchio di Venere, un lac turquoise d'eau volcanique en bordure de la côte.

– Il paraît que Sting a une maison sur cette île, il a ajouté.

Qu'est-ce que venait foutre ce type là-dedans ? La seule fille dont j'aie jamais vraiment été amoureux était une vieille fan de Police. Complètement ringard. Ce groupe incarnait à lui seul la dissolution du punk dans la pop. Mais j'y avais pris goût. J'avais même aimé l'écouter. Avec elle. Le jour où elle m'avait largué, *Outlandos d'Amour*, leur premier album, tournait encore en boucle. Du reste, comme tous les groupes de nazes, Police avait fini par se reformer en 2007 pour une tournée hold-up.

Franck s'est mis à échanger des précisions avec la tour avant de me demander :

– Tu peux regarder si le train d'atterrissage est sorti ?

Un moment, j'ai cru qu'il plaisantait.

– Regarde ! il a répété. On sait jamais...

Il avait l'air nerveux. J'ai jeté un coup d'œil et j'ai répondu d'une voix lasse que c'était OK.

La carlingue tremblait de plus en plus. On est descendus brusquement vers la piste, mais en crabe. Les rafales faisaient remonter sans cesse le nez de l'avion couronné de son hélice. Une putain de mouette, je me suis dit. À la recherche d'un vent favorable. Enfin, on a plongé. Mes intestins sont venus me percuter le cerveau. L'avion s'est redressé et a fini par poser une roue, la deuxième, puis, trois interminables secondes plus tard, la dernière, à l'avant. On a alors rebondi sur la piste comme un ballon de basket. Le moindre boulon de l'avion hurlait à la mort. Je me suis accroché à mon siège. L'odeur d'essence a décuplé. Miraculeusement, on a fini par ralentir et faire demi-tour en bout de piste.

– Ces branleurs de ritals ! s'est alors emporté Franck.

Son visage était trempé de sueur. Ils me disent sept nœuds ! Mais non, non, non ! Du vent, il y a au moins quinze nœuds ! Et ce connard me donne la mauvaise piste, celle qui est la plus exposée. C'est vraiment du n'importe quoi ! Comme en Afrique !

– Ouais, c'était sportif, j'ai soufflé, trop content d'être encore en vie.

– Bon, là, j'ai remis les gaz pour réaligner l'avion et décraber, il a continué d'une voix plus calme. C'est mieux comme ça... Mais il faut de l'expérience... Tu as vu comment j'ai fait ? Autrement, vu le vent et les incapables qui travaillent ici, on aurait morflé ! Ça se voit que les Arabes sont passés par cette île !

On s'est glissés sur la gauche de l'unique hall de l'aéroport, un bâtiment en briques orange d'une trentaine de mètres de long. Un petit avion de tourisme était déjà garé.

– C'est un Cessna 172, Franck m'a indiqué. Une merde. Un monomoteur.

Il y avait peu de chance que ce soit un *spotter,* mais je l'ai tout de même pris en photo... Enfin, Franck a coupé les moteurs.

Quand j'ai ouvert ma portière, un bout de plastique jaune est tombé sur le marchepied. Je l'ai attrapé et tendu à Franck.

– Où t'as trouvé ça ? il m'a demandé sèchement.

– C'est tombé quand j'ai ouvert la porte.

– Merde ! C'est le bouchon du troisième réservoir, celui qui est derrière nous dans le cockpit. C'est pour ça que ça puait l'essence !

9

Dans le bureau de l'Ufficio Controllo Traffico de Pantelleria, deux types étaient assis. Le premier, petit, les cheveux longs et le teint mat, recouvert de l'inévitable gilet fluo qu'ils semblaient tous s'être passé ces derniers temps, tapotait sur un ordinateur face à un mur ; l'autre, chauve et en chemise blanche, feuilletait le *Corriere della Sera*. Franck leur a serré la main, a enlevé sa veste et s'est assis.

– Putain de formalités ! il a soupiré. C'est tout ce qu'ils savent faire par ici... de la paperasse, de la paperasse, de la paperasse ! Pour le reste, comme t'as pu le voir, tu peux toujours courir ! T'as pas un stylo ?

Je me suis approché et lui ai tendu le mien. Il l'a attrapé en soufflant. L'ampleur de la tâche semblait l'épuiser. La paperasse en question était une page A4 à l'en-tête de l'Ufficio. Y devaient être consignés date, immatriculation, noms du pilote, du propriétaire, numéro de permis du pilote, heure de départ et d'arrivée, provenance... Sauf erreur de ma part, c'était ce type de document qu'avait obtenu Marko l'année précédente et qui figurait dans le rapport *Tuna Pirates*. La preuve absolue.

Une jeune femme est entrée et a interpellé « Fabri », le chauve bien habillé qui semblait être le chef. Celui-ci a attrapé un paquet de Camel et s'est éclipsé. J'ai fait quelques pas en attendant que Franck en finisse. Des consignes de sécurité étaient épinglées au mur, ainsi que les horaires des vols quotidiens pour Palerme et Trapani. L'essentiel du trafic de la plateforme. Sur une table, à côté du bureau de Fabri, était posé un épais classeur vert. Il était ouvert sur une feuille... Elle ressemblait à celle de Franck. Intrigué, je me suis approché doucement. Cinq lettres se sont dégagées : I-FONO. L'un des deux avions que Bernard avait vus le matin... Le petit type me tournait le dos, concentré sur un tableau Excel. Quant à Franck, il remplissait sa feuille en maugréant.

En une seconde, j'ai sorti de ma poche le Sony numérique extra-plat, activé la fonction macro, et, en tendant le bras vers le classeur, j'ai appuyé par deux fois sur le déclencheur en essayant de faire rentrer la feuille le plus droit possible dans l'écran. Je n'ai même pas jeté un œil à ce qu'il y avait marqué dessus. Le sang me tapait dans les tempes. J'allais faire un troisième cliché, quand la porte s'est ouverte. En un quart de seconde, l'appareil a retrouvé ma poche. C'est Fabri qui rentrait. J'ai fait quelques pas vers la gauche, les mains dans mon jean, et regardé le mur. Une minute plus tard, Franck s'est relevé, a tendu sa copie à Fabri, et on est passés dans le hall.

Noël Menez, l'observateur, nous attendait dehors au volant d'une Fiat Punto bleue. Il est sorti me saluer. Il faisait environ un mètre soixante-dix, était assez large d'épaules et avait le teint mat et les cheveux rasés. Il m'a semblé un peu plus âgé que son collègue. J'ai posé mon sac à dos dans le coffre et me suis assis derrière eux.

Noël s'est tourné vers moi.

– Franck a dû t'en parler, mais je préfère te le répéter, on est là pour Frontex ! Tu ne parles surtout pas de Greenfight !

Sa voix rauque de fumeur lui donnait de l'assurance. De plus, il avait l'accent du Languedoc, ce qui m'a un peu surpris. Mais je m'attendais à quoi ? À un froid fonctionnaire belge ?

– Aucun problème ! j'ai répondu en souriant et en le regardant dans les yeux. Au fait, ils sont repassés, ces Italiens avec le Partenavia ? Bernard m'a dit qu'ils étaient partis ce matin.

– Je sais pas. Je m'en fous de ces connards ! il a lâché d'un ton sans appel. Bon, on va manger ? J'ai bien envie d'un bon plat de spaghettis ! Ça a dû vous creuser l'appétit de voler, non ?

– Tu l'as dit bouffi ! Franck s'est exclamé, goguenard, avant de se lancer dans une nouvelle et longue diatribe contre l'incompétence du personnel aéroportuaire mondial, diatribe assez confuse de laquelle il ressortait tout de même que, quel que soit le continent, plus on allait au sud, moins les gens étaient performants, le pompon étant bien évidemment atteint au Maghreb et en Afrique centrale... Il n'avait manifestement pas digéré son atterrissage foiré.

Noël le laissait parler. J'ai remarqué qu'il avait une phalange coupée à l'auriculaire gauche et quelques lettres baveuses tatouées sur l'avant-bras. La subtile signature d'un petit passage en cabane ?

On est descendus vers la ville. Les maisons étaient toutes noires, bâties de roche basaltique. Oliviers, petits pieds de vigne aplatis et figuiers de Barbarie, ces espèces de cactus fleuris, se succédaient. J'attendais juste d'être seul pour voir ma photo. Si elle était exploitable, je venais, en un rien de temps et sur un coup du sort, de marquer un point historique. Mais j'avais du mal à y croire.

– Merde, j'ai oublié ma veste ! a lâché Franck au bout de quelques minutes.

– Où ça ? a demandé calmement Noël.

– Ben, à l'aéroport ! Quand j'ai fait la paperasse...

Noël a fait demi-tour. Cinq minutes plus tard, on était de nouveau garés devant le hall. Franck est sorti, puis est revenu très vite d'un air conquérant avec son blouson à la main.

– Attendez, il faut que je vérifie si tout y est ! Mes papiers, mon portable... Ces mecs, tu peux pas leur faire confiance ! Quatre-vingts kilomètres de la Tunisie, ça se sent... On m'a même dit que...

– Tu montes ? l'a interrompu Noël. Il commence à se faire tard. J'espère qu'on trouvera encore un endroit pour grailler. On n'a qu'à aller à San Gaetano ! C'est au milieu de l'île, il a précisé à mon attention. Il y a une bonne pizzeria.

– Bonne... Façon de parler, Franck a précisé. Il n'y a rien d'extraordinaire. Moi, je préfère notre cantine !

Une longue conversation sur les mérites respectifs de la demi-douzaine de restaurants de l'île où ils avaient leurs habitudes s'est ensuivie. Le sujet semblait d'importance.

Au moment où l'on entrait enfin dans le faubourg, le téléphone de Franck a sonné. C'était l'aéroport. La balise de détresse de l'avion s'était enclenchée. Il fallait remonter au plus vite.

– J'y comprends vraiment rien ! Franck a observé, légèrement inquiet. Normalement, c'est quand tu te crashes qu'elle s'allume...

– C'est reparti ! Noël s'est exclamé en faisant une nouvelle fois demi-tour. Il avait l'air légèrement agacé. Était-ce par les frasques de son *top gun* ou par la perspective d'un déjeuner compromis ?

On s'est retapés tous les virages en épingle.

À l'aéroport, les deux sont sortis. J'ai allumé une cigarette et, tranquillement, j'ai maté la photo. C'était parfait. À peine croyable. Une authentique déclaration de vol du 31 mai. Mon cadrage était légèrement de travers, mais l'en-tête de l'aéroport, la date et toutes les lignes manuscrites étaient parfaitement lisibles. L'avion, piloté par un certain Quarta, avait pour propriétaire une société dénommée Aerotech et avait atterri à Pantelleria à 12 heures. J'ai attrapé *Tuna Pirates*. Dans les déclarations de vol de l'année précédente, cet avion avait pour propriétaire le Consorzio Salerno... Mais le pilote était le même ! Il en était reparti à 14 heures avec, encore une fois, Pantelleria comme destination annoncée. Ce type de vol, décollage et atterrissage à répétition au même endroit, prouvait assez nettement l'activité à laquelle se livrait cet avion avec Pantelleria comme base arrière. Du bon boulot. Yannick et Marko seraient contents. Histoire de me sentir encore mieux, je me suis envoyé deux Rhinadvil.

Sur le tarmac, Franck et Noël étaient en train de s'agiter autour du *push-pull*. Noël était au téléphone. Aucun doute, ce type était le cerveau de l'équipe.

Après un bon quart d'heure, ils ont réapparu.

– C'était bien la balise, Franck a précisé. Il a fallu appeler Sud Air Dauphin à Pau pour savoir comment la réamorcer. Heureusement, Jean-Pierre était là ! Elle a dû se déclencher à l'atterrissage. Je ne comprends pas pourquoi... C'est jamais arrivé.

– Au moins ça prouve qu'elle fonctionne ! j'ai dit d'un air aimable, histoire de montrer que je ne faisais pas grand cas de cet incident.

– C'est sûr ! Noël a ajouté.

– Quand on pense que les mecs de l'aéroport ont mis plus de vingt minutes à s'en apercevoir, Franck s'est exclamé. C'est vraiment n'importe quoi !

– En tout cas, c'est râpé pour le déjeuner ! Noël a lâché d'un ton lugubre.

– Enculés de Siciliens de mes couilles ! Franck a fait.

Il était 15 heures. Le ciel était de plus en plus gris et les bons vieux volcans avaient tourné au noir. À l'hôtel Myriam, un énorme bâtiment moderne marron immonde qui dominait le port, ses petites barques de pêcheurs, ses bars, ses marchands de glace et de souvenirs, j'ai hérité de la chambre qu'avait occupée Bernard au rez-de-chaussée.

Deux vieux chalutiers rouillés d'une vingtaine de mètres étaient à quai. Tous deux étaient recouverts d'inscriptions en arabe et de peintures flamboyantes de dauphins, de dorades, d'aigles et de sirènes. Un pêcheur à la ligne m'a expliqué qu'ils étaient arrivés cet hiver de Tunisie, chargés de *clandestinos*. Je les ai imaginés, ces hommes et ces femmes, Soudanais, Érythréens, Nigérians ou Éthiopiens, trop heureux de débarquer ici dans les mains de la Guardia costera...

– Ils arrivent tout le temps ! le mec a ajouté. Bientôt, ce sera comme à Lampedusa ! Et ils seront plus nombreux que nous. On ferait mieux de les couler !

Je me suis juste contenté de hausser les épaules et d'allumer une clope. Ce connard avec sa canne à pêche n'aurait jamais les couilles de faire le dixième de ce que ces gens avaient fait pour venir jusqu'ici. J'avais lu qu'un candidat sur cinq à l'exil mourait noyé. Plus de dix mille depuis 1988. Deux cents corps repêchés dans le canal de Sicile l'année précédente. Combien cet été ? La Méditerranée charriait des centaines de cadavres, les victimes expiatoires du mirage que nos échanges commerciaux, nos chaînes de télé et nos touristes balançaient aux quatre coins de la planète.

Au loin, j'ai aperçu deux types, noirs, qui marchaient sur le bord de la route, des sacs plastique à la main.

– Est-ce qu'ils sont toujours sur l'île, ceux qui sont arrivés avec ces bateaux ? j'ai demandé au pêcheur. Où est-ce qu'ils vont ensuite ?

Le type ne m'a même pas regardé. Une coulée de magma verbal s'est échappée de ses lèvres.

Je me suis promis de prendre le temps d'en savoir plus. Au fond, ça sautait aux yeux : les deux problèmes étaient liés... Zones de pêche au thon et routes d'immigration se superposaient presque exactement, tout comme le pillage des ressources appelait l'exil des populations appauvries. L'année précédente, des réfugiés en perdition s'étaient agrippés au boudin d'une cage pleine de thons au large de la Libye. Le remorqueur appartenait à Charles Borg, le fameux mareyeur maltais. Ce dernier avait exigé du capitaine que les hommes épuisés ne soient pas remontés à bord. Il avait expliqué à la presse qu'il ne voulait pas échanger « un million de dollars contre un million de problèmes ». Les autorités des différents pays s'étaient refilé le bébé avant que l'Italie n'intervienne à contrecœur. Deux femmes et trois enfants étaient morts entre-temps.

Une demi-douzaine de petits chalutiers se balançaient plus loin. Je les ai pris en photo, mais le tout était assez dérisoire... Du reste, Bernard avait pressé et re-pressé ce port dans tous les sens la semaine passée. Il n'y avait rien à en tirer.

La seule et unique trace de thon rouge se trouvait à l'intérieur d'un café du port. Sur les murs. Des peintures très colorées, vaguement expressionnistes, qui figuraient des scènes de madragues, ces immenses labyrinthes de filets fixes qui jalonnaient autrefois les côtes méditerranéennes et piégeaient les thons qui longeaient les côtes. Les Siciliens étaient experts en la matière. À l'époque, ils prenaient juste le nécessaire. Ça avait duré mille ans.

10

La nuit tombée, je suis allé retrouver les deux compères dans le hall de l'hôtel et l'on s'est dirigés d'un pas très lent en longeant les quais vers leur cantine, une immense pizzeria surélevée où s'amassaient quelques grappes de Siciliens en week-end prolongé sur l'île. Mon semestre d'Erasmus à Rome m'avait donné un certain ascendant quand il a fallu commander. Noël m'a expliqué qu'il ne parlait qu'espagnol. Quant à Franck, il mélangeait piteusement quelques bribes de français et d'anglais.

À peine servi, Franck a descendu sa pinte de bière d'un trait. Il en a aussitôt commandé une autre, d'un air satisfait. Noël lui a fait remarquer :

– Tu bois trop vite ! Ne bois pas trop !

– Je suis à marée basse ! Franck a répondu d'un air espiègle avant de se lancer une poignée d'olives dans la bouche.

– Tu manges trop vite, calme-toi ! a repris Noël.

– Bah... Le grand air, ça creuse, je te signale ! Et c'est pas en Afrique qu'on mange des olives comme ça... ni à Paris d'ailleurs.

Personne n'a rien dit pendant un bon moment, puis Noël a fini par me demander si c'était la première fois que je faisais ce type de mission. J'avais décidé de cacher la nature exacte de mes liens avec Greenfight.

– En fait, oui ! j'ai répondu. Normalement, je tiens des stands d'information dans des salons, des choses comme ça. C'est ça, le boulot de bénévole ! Mais là, ils m'ont appelé, ils n'avaient personne... Et moi j'avais des vacances à prendre. Alors j'ai dit OK ! C'est sympa d'être au soleil. On verra bien comment ça se passe ! j'ai conclu comme si la réussite de cette mission était bien le cadet de mes soucis.

– Qu'est-ce tu fais comme travail ?

– Je bosse pour une agence de communication... Je fournis du contenu pour des sites Internet. Rien à voir avec l'écologie ! Et toi, comment tu en es venu à travailler pour Frontex ? Tu es dans l'armée ?

– Hein ? il s'est exclamé en souriant. Militaire, moi ? Non... En fait, Jean-Pierre Taral est un ami d'un ami à moi. Il savait que j'étais disponible cet été. Moi, en fait, je travaille dans la construction : je monte des vérandas. Et c'est surtout l'hiver qu'on bosse !

– Je vois.

L'observateur Frontex recruté par le propriétaire de l'avion... De mieux en mieux, je me suis dit. Il y a des trous dans le scénario ou ils me prennent pour un crétin à deux neurones ? Bernard a vraiment dû dormir toute la semaine... Piqué par un putain d'insecte endémique ! Qu'est-ce que ces types peuvent foutre là avec leur avion ? Drogue, armes, cigarettes ? Aucune idée. Je n'avais pas le moindre indice. Mais l'affaire était suffisamment importante pour justifier qu'ils soient payés là depuis maintenant dix jours à attendre. Et on leur était suffisamment utiles pour qu'ils nous offrent deux ou trois balades en avion.

– Et alors, c'est intéressant, ce boulot... d'observation ?

– Pour l'instant, a répondu Noël, on n'a pas beaucoup travaillé, alors c'est difficile à dire... Disons que c'est un travail comme un autre... Il y a du bon et du moins bon, mais c'est plutôt bien payé. Impossible à refuser !

Franck tapotait sur son clavier de portable. Un jeu vidéo, si j'en croyais son expression concentrée. Trois jeunes sont passés en se pavanant sur des mobylettes aux sonorités de kalachnikov. Un chien est venu me renifler les jambes. Sûrement de la drogue, je me suis dit. Du shit marocain. Pour des armes, ils ne prendraient pas des caves de ce style.

– Et comment il en est venu à travailler pour Frontex, Jean-Pierre Taral ?

Le regard de Noël est devenu plus sombre. Il a eu un rictus d'énervement.

– Ah ça, je ne sais pas, moi. Il faut lui demander ! C'est lui qui nous en a parlé et puis voilà... C'est simple. Eh, Franck, tu prends un dessert ?

– Ouais, attends ! Je passe la cordillère des Andes. X-Flight simulator ! il a précisé dans un souffle à mon attention. Ah, merde ! Je me suis pris la corniche !

Il a attrapé la carte.

– Six euros le gâteau au chocolat ! N'importe quoi... Ici, la mafia est partout ! Même dans ce café... il a ajouté en me désignant du regard trois types à côté qui buvaient du Coca.

– Ouais, j'ai ajouté d'un air philosophe. J'imagine qu'il doit y avoir pas mal de trafics !

– Ah ouais, tu l'as dit ! s'est exclamé Franck. Le jour de notre arrivée, on a vu à 20 miles d'ici une vedette ultra-rapide qui remontait de Tunisie. Mais pas un *boat people*... De la drogue ! Ils filaient à 35 nœuds.

J'ai essayé de percer son regard.

– Ils n'utilisent pas aussi des avions pour ça ? Ça serait idéal, non ?

– Pfff, ça, sûrement ! Ils doivent le faire aussi...

Ce con avait l'air sincère. Noël a levé un sourcil. J'ai continué sur la piste. Au cas où. Je me suis penché vers eux et j'ai chuchoté :

– Eh, vous savez pas où est-ce que je pourrais trouver du shit ?

Tous deux m'ont dévisagé d'un air perplexe sans rien dire.

– Non ? Bon, c'est pas grave, j'ai repris. Je me disais juste que le temps allait être long par ici...

La musique du *Parrain* a retenti. C'était le téléphone de Noël.

– Ma femme. Je vais en profiter pour m'en griller une, il a déclaré en se levant. Allô chérie ?

Un « ouais » à la sonorité masculine est sorti de son écouteur.

– Je dis chérie parce que j'aime bien t'appeler comme ça, il a bafouillé en s'éloignant.

À l'autre bout de la ligne, son patron, collègue ou associé avait l'air de s'énerver de la facétie. Cette fois, je n'avais plus aucun doute, ce type me prenait vraiment pour un demeuré.

– Au fait, Franck, j'ai dit d'une voix indolente. Comment vous travaillez avec Frontex ? Vous êtes en contact avec un officiel à Malte ?

– C'est comme je te l'ai déjà dit ! On a des zones à surveiller : entre ici, la Tunisie et la Libye. On a des plans de vol... Des cartes. Je crois qu'il y a un autre avion privé qui fait la même chose de Lampedusa. Si on voit quelque chose, on le signale à la tour de contrôle. Mais c'est Jean-Pierre qui est en contact avec eux pour savoir où aller et quel jour, pas nous ! Nous, on exécute.

C'était si absurde que je n'ai pas insisté. Comme en régate, je remontais au près en tirant des bords... Noël est revenu. Il m'a fixé longuement. Une putain de bataille de regards. J'ai fini par lâcher prise.

Le moment de virer à la bouée viendrait.

Attaquant sa cinquième bière, Franck s'est alors mis à pérorer sur ses souvenirs de vols en Afrique centrale. Il était intarissable. Les pistes pleines de trous, les atterrissages sur l'herbe, les passe-droits, les pilotes russes, les cargaisons obscures, les putes dans les soutes, les contrôleurs défoncés... C'était exactement comme on pouvait l'imaginer. Un désastre. Mais tout ça l'amusait pas mal et il apparaissait clairement que, dans ce champ de ruines et de corruption, une caste de surhommes se distinguait par sa bravoure et son extraordinaire aptitude à faire face aux situations les plus complexes : les pilotes. Blancs. Français, Belges, éventuellement Sud-Africains. Le sort de l'ensemble du continent reposait entre leurs mains.

J'ai fini par demander s'il y avait des locaux.

– Il y en a, il y en a, mais ils font n'importe quoi ! il s'est exclamé en rigolant. Il y a un Congolais qu'on appelle l'Adolf noir. Il a une petite moustache... Et il est fou ! Il nous en fait voir de toutes les couleurs.

L'évocation de ce type l'a rendu hilare.

– Il se pose à chaque fois vingt mètres avant la piste. Banzaï ! À l'africaine ! Un vrai bouffeur d'herbe, cet Adolf. Une fois, il a failli se faire la tour... Banzaï ! C'est le copi qui a rattrapé le coup, un pote à moi, un Belge.

Vaguement désœuvré, un peu las, mais en espérant peut-être encore en savoir plus, je les ai accompagnés ensuite prendre un verre à la terrasse d'un bar. Très vite, un grand mec africain bourré est venu nous demander des clopes. Je lui en ai filé une.

– Tu devrais te méfier, Franck a commenté. Maintenant, il va pas te lâcher. Dans deux minutes, il te demande de l'argent... Ça se voit que tu les connais pas, toi, les têtes de cuir !

J'ai secoué la tête, consterné. Ce type était à lui seul un crime contre l'environnement. Il fallait faire quelque chose. Je les ai pris tous deux en photo, prétextant un souvenir de cette sympathique soirée. Sur le cliché, Franck lève sa pinte de bière vers l'objectif, Noël, lui, me fixe, les dents serrées et les sourcils relevés.

– J'espère qu'on va bosser demain ! j'ai dit quand ils ont fini par se lever pour remonter à l'hôtel. J'avais bien réfléchi. Il fallait au moins une fois que je fasse un vol d'observation, si foireuse que soit la situation. Ainsi je serais fixé. Pour de bon.

– J'appellerai à Palerme demain matin pour voir si cette histoire de carburant est réglée, a déclaré Noël calmement.

– Super ! On se retrouve à 8 heures dans le hall ?

Les deux m'ont dévisagé.

– Ce n'est pas la peine d'être prêts à l'aube ! Noël a tempéré.

– Les prévisions météo pour demain ne sont pas très bonnes ! Franck a ajouté.

– T'iras faire un tour au port, m'a dit Noël, un sourire en coin. Regarder les bateaux ! Comme Bernard !

Plus tard, je suis allé voir le grand type à qui j'avais filé une clope. En savoir plus... Mais il titubait : ça n'a pas été un grand succès. J'ai tout de même compris qu'il était nigérian et qu'il était là depuis très longtemps.

De retour dans ma chambre, deux bouteilles de bière à la main, j'ai décidé d'écrire à Yannick pour m'éclaircir l'esprit. Je trouverais un endroit pour me connecter le lendemain. Puis, le nez au vent, j'ai observé un bon moment le mouvement erratique d'une femme qui traînait seule à la terrasse du bar comme un fantôme. Deux ou trois ombres se baladaient encore autour du bassin. Le vent sifflait. Ce vent, je l'ai imaginé quelques heures plus tôt quitter les côtes tunisiennes... Il avait ensuite glissé sur l'eau, frôlé un senneur, trois chalutiers, un remorqueur, un cargo, des ailerons de requins et une poignée de cadavres avant d'arriver ici pour consumer ma clope. J'ai espéré qu'il m'apporterait un chouïa de discernement pour les heures et les jours à venir. Puis j'ai bloqué la poignée d'entrée en inclinant une chaise et je me suis pieuté.

À la télé, sirènes, flashes, *carabinieri*. Une énième arrestation dans la banlieue de Palerme. J'ai changé de chaîne. Berlusconi faisait son show, une blague que je ne comprenais pas. Sur une troisième, les ordures de Naples s'étalaient... L'Italie suivait son cours. Je me serais bien allumé un petit stick.

11

Quand il s'est lancé en 1986 dans la rédaction de son œuvre phare, *Survivre, comment vaincre en milieu hostile*[1], Xavier Maniguet savait-il qu'il serait le maître à penser d'une génération d'écolos du XXIe siècle ? Une génération qui se prépare au pire tout en se battant pour l'éviter. Une génération d'aventuriers du bocage. Médecin militaire bercé de culture franchouillarde et son halo de préjugés machistes, racistes et ultra-libéraux, le docteur s'adressait plutôt, le plus sérieusement possible, aux néo-aventuriers (ou nouveaux colonialistes) du début des années 1980, aux enfants de Philippe de Dieuleveult, de Thierry Sabine et de Gérard de Villiers. Certainement pas à ceux de Renaud, de Moitessier ou de Djian, autant de hippies dégénérés qu'il devait conchier. Avec la meilleure foi du monde.

Que faire face à un grand requin blanc ? Dans le désert si votre 4x4 tombe en panne ? Où dormir dans la jungle ? Quelle arme dans quelle situation ? Bourré de pépites surréalistes, *Survivre* est une œuvre totale. Sa lecture permet à chacun d'entre nous de faire le tour de la Terre, d'échapper cent fois à la mort, de sauter d'un train

1. Albin Michel, 1988. *(N.d.E).*

en marche, de supporter quarante jours de dérive dans le Pacifique en buvant du sang de tortue et du jus de poisson ou encore de bloquer la gueule d'un naja, le tout sans bouger de sa chambre, un joint à la bouche et le sourire en coin.

Pourtant, à sa mort en 2009 en Suisse aux commandes de son avion, la seule chose que la presse a mentionnée, c'était sa participation comme skippeur lors de l'opération Satanic, la lamentable équipée des services secrets français vers Auckland en 1985. Il avait pourtant dû en faire bien d'autres, des conneries, dont une bonne douzaine de barbouzeries sur tous les continents. Peu importe. En tout cas, rien sur sa plus grande réalisation. Rien sur *Survivre*. Pas la moindre citation. Un anti-hommage.

Pour ma part, quand, à l'été 2005, je suis parti en Écosse faire un stage d'apprentissage à la vie en autarcie, c'est bien ce livre et lui seul que j'ai mis dans mon sac à dos. La bible. Des histoires pour des soirées que j'imaginais longues et enrichissantes. Peakoiliste convaincu, je croyais à la fin imminente de la civilisation du pétrole. Le baril était à quatre-vingt-dix dollars. La production d'hydrocarbures était à son maximum. La demande, elle, continuait à exploser. On allait droit dans le mur... Il n'y aurait bientôt plus de voitures, plus de plastique, plus d'agriculture chimico-productiviste, plus de supermarchés ni de télés, les téléphones portables et les consoles de jeux vidéo étaient en sursis. Jeune père, photographe plus ou moins raté et intermittent d'entreprises sans relief des services tertiaires urbains (sites Web, services clientèle, agences de communication), je voulais me préparer. Offrir des tomates à ma fille, planter des haricots, savoir scalper un sanglier, élever des moutons. Comme mes ancêtres... Tout ça est imminent, je me disais, l'affaire d'un ou deux ans tout au plus... Pas question d'assister passif à la décadence !

Au programme : notions de survie en forêt, notions de maraîchage biologique, notions de tir à l'arc, notions de mécanique, notions d'équitation, notions de vie en communauté, notions de *close-combat*. Que des notions, mais du concentré. Sur sept jours... Hélas, au bout de deux jours à peine, j'ai abandonné, complètement écœuré. Je m'étais trompé d'adresse. Les contradictions du milieu m'avaient sauté aux yeux. Au fond, il y a dans le peakoilisme deux écoles, celle des politiques, qui voient la fin de la civilisation pétrolomane comme l'occasion de repartir sur de nouvelles bases, des bases humanistes, saines et durables, et celle des apocalyptiques, pour qui c'est surtout l'occasion d'en découdre avec une humanité qu'ils abhorrent et de se prendre pour des héros. Ce stage ne rassemblait que des apocalyptiques, des fachos de première. Ils parlaient d'armes et de sports de combat toute la journée. Deux d'entre eux braillaient même des âneries évangélistes, comme quoi ils avaient vu le diable, puis un ange en robe blanche était venu leur parler, et là-dessus le rédempteur se ramène dans un halo, etc. Des malades mentaux. L'instructeur était un ancien militaire.

Trêve de conneries survivalistes, je me suis dit. Tu veux limiter les dégâts ? Tu es un *politique*. Le plus important est de sensibiliser les gens, préparer la transition... Changer le système ! OK. Mais à qui s'adresser ? Où militer ? L'extrême gauche, libertaire, trotskiste, communiste ou anarchiste, était obsédée par l'argent, les hommes, les rapports sociaux, et en oubliait la moitié du problème : la Terre et ses ressources, le subtil équilibre à trouver entre les mammifères à deux pattes et le reste, au-dessus, en dessous et de tous les côtés. Les écolo-libertaires et Verts officiels étaient sans aucun doute dans la bonne direction, mais faisaient quant à eux preuve d'une incroyable déperdition d'énergie dans des discussions sans fin. Gauche de gauche ? Des balivernes. Je savais ça, j'avais à peu près tout essayé au milieu des années 1990, même une réunion de section du PS. Moi, j'avais besoin d'action, de concret, pas de théories complexes.

Grâce au ciel, dans une manif, j'ai alors croisé un mec que j'avais connu à Tolbiac et avec qui j'étais allé dix ans plus tôt à quelques réunions d'un groupuscule écolo-libertaire mort né, Alternative rouge et verte. Il était désormais salarié de Greenfight et il travaillait sur le désarmement. On s'est revus. J'ai fait un chèque de quarante euros et suis devenu adhérent pour la première fois de ma vie. Puis j'ai fait quelques photos pour le magazine de l'association et animé comme bénévole le week-end des stands sur des marchés ou dans des salons. OGM, nucléaire, forêts, océans, énergies renouvelables... Je parlais de tout, les gens étaient sympas, j'étais motivé. Quelques mois plus tard, j'ai même fait une formation d'une semaine pour devenir activiste. Les bases de la résistance passive face aux forces de l'ordre. *Necklock, armlock*. C'est ainsi que je me suis retrouvé enchaîné à la grille d'une cimenterie qui fournissait le chantier d'une future centrale nucléaire et à la grue d'un port à bois qui devait décharger la cargaison d'un bateau en provenance d'Afrique centrale. Un vrai bonheur... Un bonheur de fantassin mais un vrai bonheur.

Cependant, grâce à une relation de la mère de ma fille, j'avais commencé à travailler à l'édition française de *L'Écologie pour les nazes*, le gros guide jaune et noir des éditions Première. J'ai adapté de l'anglais des dizaines de petits chapitres informatifs. On était deux à faire ça.

Quatre mille euros. Mon nom (en petit) sur la couverture. Discrète dédicace à ma fille. Une chance historique. J'ai même pu placer quelques-unes de mes photos dans la maquette. Au fond, je me suis dit alors, tout finit par se débloquer... Il suffit d'y croire. Un peu.

12

– Le virement n'est pas arrivé ! Franck m'a tout de suite annoncé quand j'ai débarqué dans la salle où se prenait le petit-déjeuner. Il avait l'air très content de lui.

– Merde ! j'ai fait en m'asseyant. Une partie de moi y croyait encore, elle n'arrivait pas à admettre le piège pourtant limpide dans lequel j'étais tout entier tombé. Pieds et mains liés. La situation était pourtant claire : ils n'avaient pas pour instruction de voler. Pas encore... À moi de trouver pourquoi et ce qu'ils attendaient.

– De toute façon, il y a beaucoup trop de vent ! il a dit. Quand ça veut pas, ça veut pas ! Vous n'avez vraiment pas de chance !

J'ai soupiré bruyamment.

– Il n'y a rien à faire ici... On perd notre temps si on ne peut pas voler... Comment tu t'occupes, toi ?

– J'ai plein de films, il m'a répondu en me faisant un clin d'œil. J'ai craint un instant qu'il ne commence à me parler de ses films de cul.

– Deux fois 500, il a ajouté.

– Quoi ? 500 films ?

– Deux fois 500 gigas... Je me suis acheté deux nouveaux disques durs avant de partir. J'ai téléchargé !

Et je peux te dire que j'ai du lourd... Tout *24 heures Chrono*, tout *Urgences*, tout *Lost*...

Effectivement, avec 1000 gigas, il pouvait passer tout l'été devant son écran en continu. Ne faire même que ça.

– Alors tu regardes des films toute la journée ?

– Non... Généralement, je dors.

– OK.

– Il faut que je sois en forme pour piloter.

– Et tu ne t'ennuies pas ?

– Si. Moi je suis pilote alors, si ! Je préférerais voler tous les jours : c'est mon boulot ! Mais c'est comme ça. Et puis je suis payé à être là. Tant qu'on est payé... Pour moi, ce n'est pas toujours le cas.

Pour la première fois, son regard bovin s'est éclairé d'une once d'humanité. Au fond, peut-être qu'il croyait vraiment travailler pour Frontex.

– Je vais faire un tour, j'ai annoncé. À plus tard !

À une dizaine de minutes de marche de l'hôtel, se trouvait un point de connexion Internet. C'était aussi un centre de paris et de jeux. *Canal+* était allumé. À ma grande surprise, une demi-douzaine de types pariaient sur les courses du jour à Longchamp. Leur dialecte sicilien était imbitable. J'ai envoyé mon mail à Yannick en mettant Marko en copie. Puis j'ai balancé la déclaration de vol du I-FONO à Marko, Yannick et Javier Aspalorca, le responsable du dossier « thon rouge » pour tout Greenfight International.

Melissa, ma voisine d'avion, m'avait écrit un mail sympa. Elle disait que notre rencontre l'avait « marquée » et qu'elle espérait qu'on se reverrait. Peut-être à Marseille ? Elle pensait y passer dans une semaine. Véridique. Ça m'a gonflé à bloc.

Il fallait tout reprendre à zéro. Faire ce qui aurait dû être fait par Yannick dès le premier coup de fil d'invitation de Jean-Pierre Taral, le mec de Sud Air Dauphin.

Une demi-heure plus tard, je suis sorti téléphoner. Au service de presse de Frontex, en Pologne, j'ai prétendu vouloir embarquer sur un avion ou un bateau opérant pour Nautilus, le nom de code de la mission que Frontex menait alors en Méditerranée et que je venais de voir sur leur site. Était-ce possible ? Une jeune femme m'a dit qu'il me fallait voir ça en direct avec un officier maltais.

Le major Basilio a répondu à la première sonnerie.

– Antoine Sorel, j'ai dit pour me présenter. Je travaille pour *L'Express*, c'est un newsmagazine français...

– Comment allez-vous, cher ami ?

Frontex n'avait évidemment rien à cacher, mais embarquer des journalistes, non, vraiment, c'était impossible. Frontex ne faisait pas la moindre publicité sur les opérations en cours. Ses activités étaient *intelligence driven*. Tout devait rester secret : durées, lieux, moyens mis en œuvre... L'idée était de dissuader au maximum les candidats au départ.

Manifestement, c'était une grande réussite.

Le major m'a promis néanmoins qu'il pousserait mon dossier, puis m'a vanté les charmes de Paris. Il allait raccrocher quand je suis alors entré dans le vif du sujet :

– Je suis en contact avec un Français qui travaille pour vous depuis Pantelleria avec un petit avion. Il fait de l'observation.

La ligne s'est mise à crépiter. Puis un long silence.

– Un avion privé français qui travaille de Pantelleria... pour nous ? Je ne suis pas au courant. C'est très intéressant... c'est comment dire... étonnant !

Le vernis de relations publiques s'était effrité.

– Il me propose d'y retrouver son pilote et votre observateur la semaine prochaine, j'ai ajouté. Qu'est-ce que vous en pensez ?

– Très étonnant... Enfin, s'il vous le propose, allez-y ! C'est une opportunité. Ça sera beaucoup plus facile qu'avec nous. Mais vraiment, quelle curieuse nouvelle ! Vous êtes sûr ?

– Non... Justement... Tout ça me semble confus ! je me suis énervé. Tout d'abord, est-ce qu'il est possible que Frontex sous-traite à des opérateurs privés ses missions de surveillance ?

– Eh bien, pas à ma connaissance ! Mais vous savez, il arrive même à l'ONU de le faire dans les zones de conflit. Alors tout est possible !

Moi qui attendais un démenti indigné, j'étais sidéré. Franck et Noël fliquant les frontières pour le compte de l'Union européenne... Personne ne pourrait jamais me croire. J'aurais aimé avoir ce major sous la main et le condamner à atterrir une fois avec Franck Badot aux commandes dans un cockpit puant le fuel.

– J'ai son immatriculation. Avez-vous la possibilité de vérifier si cet avion vole vraiment pour vous ?

Dix minutes plus tard, il m'avait répondu :

Sir,

Thank you for your telephone enquiry for embedment on FRONTEX mission assets during Operation Nautilus.

Please be also advised that we have just confirmed with FRONTEX ICC-Malta representatives here that **there is no privately-hired/contracted French owned/operated Cessna 337 F-HUNT working for FRONTEX in Pantelleria.** We are positive about this.

With many thanks again for the interest shown, kindest regards,

MAJOR IVAN M. BASILIO, Air Force Malta

L'honneur de l'Union était sauf.

Sur Google, quels que soient les mots-clés (« pantelleria + trafic, pantelleria + drogue, pantelleria + armes, pantelleria + mafia, pantelleria + cigarettes, etc. »), je n'allais nulle part... C'était toujours la même chose : le trafic d'êtres humains et le rôle pivot que jouaient cette île et sa voisine sur les voies de l'immigration. Pas la moindre anecdote qui aurait pu me mettre la puce à l'oreille. Il fallait essayer autre chose. Comment être malin, perspicace, incisif, percutant, inspiré ?

Sud Air Dauphin m'a envoyé sur le portail « achats » du ministère de la Défense, la direction de l'Aviation civile du Sud-Ouest, le conseil général des Landes, qui mentionnait le travail de la société pour détecter les départs de feux de forêt, et enfin sur Cercle Aéro, une association de jeunes ingénieurs et pilotes... Ils avaient notamment effectué plusieurs vols « humanitaires » à destination du Mali avec un des avions de Sud Air Dauphin.

Que du sérieux ! De l'officiel, du rassurant... Mais, en fouillant attentivement dans le blog de Cercle Aéro, je suis tombé sur un post de mars sur lequel on voyait le F-HUNT en vol. Le texte suivant l'accompagnait :

C'est l'histoire d'un concept qui marche ! L'équipe du Cercle Aéro a montré son savoir-faire dans le convoyage d'un C337 de Pau à Muscat (sultanat d'Oman). L'avion part pour une mission de travail aérien d'un mois : 10 jours de voyage aller-retour et 20 jours de travail aérien sur place pour le compte des thoniers. Pierre, Emmanuel, et Laurent participent à cette aventure...

« Putain ! », j'ai gueulé. Taral ne s'était pas du tout brouillé avec le milieu thonier... Il leur avait fourni son avion trois mois plus tôt ! L'un des parieurs m'a demandé ce que je venais de gagner. Les autres ont éclaté de rire. Je suis sorti en trombe.

13

La Fiat de Noël n'était pas devant l'hôtel. À l'accueil se trouvait une grande femme très brune avec qui j'avais discuté un moment en anglais la veille. Elle tenait absolument à savoir si j'appréciais mon séjour.

– Je suis là pour le travail, j'ai tempéré.

– Ah bon, quel travail ?

– Touriste professionnel. *Le Guide du routard.*

– Hein ? Vous auriez pu nous le dire !

– C'est pas le but. Il faut être discret. Le touriste lambda… C'est comme ça qu'on travaille.

Elle tripotait une espèce de fleur en tissu avec ses mains. C'était très gracieux. Je me suis senti inspiré.

– Vous pouvez peut-être m'aider ?

Elle a posé la fleur.

– Vous voyez les deux Français avec lesquels je suis parfois ? J'ai écarté les bras pour signaler le volume global des deux… Assez impressionnant.

Elle a hoché la tête.

– Est-ce que c'est la première fois qu'ils viennent ?

– Non ! L'année dernière, ils sont aussi restés un moment… Enfin, juste un des deux, en fait, le petit.

Noël. J'ai enchaîné sans réfléchir.

– Est-ce que vous pourriez me montrer leurs fiches ? On travaille ensemble…

En Italie, la loi oblige les hôteliers à consigner des renseignements précis d'état civil de leurs clients à partir d'un passeport ou d'une carte d'identité. Sans discuter, elle a extrait d'un classeur deux petites feuilles roses et les a posées sur le comptoir.

Noël ne s'appelait pas Menez mais Moreno. Et il était né à Sète en 1964. L'évidence du lien avec les thoniers m'a de nouveau frappé comme une claque.

– Ça vous ennuie que je les prenne en photo ?

Son visage s'est alors légèrement crispé. Avant de la laisser répondre, j'ai sorti l'appareil de ma sacoche. En deux secondes, c'était terminé. Elle a rangé les papiers très vite comme si elle avait fait une bêtise.

Je lui ai glissé un billet de vingt. Mes deux nouveaux potes ne pourraient pas dire qu'ils n'étaient pas là.

– No…

J'ai insisté. Elle m'a fixé longuement. L'une de ses collègues approchait. Finalement, elle a mis le billet dans sa poche en souriant.

– *Le Guide du routard*… Je vois.

– Ne leur dites surtout pas que vous m'avez vu. C'est important !

– OK ! elle m'a dit en me faisant un clin d'œil.

Dans ma chambre, j'ai troqué mes Havaianas pour une paire de baskets. Il me fallait aussi du *cash*. Au cas où. Mais le distributeur de la Banco di Sicilia, le seul de l'île, n'a pas voulu me lâcher plus de cent euros. Depuis que mes comptes sont hébergés par la seule banque « éthique » du marché français, ce genre d'incidents se produit sans cesse. Une misère.

La route vers l'aéroport, délimitée par un muret de pierres noires volcaniques, grimpait en serpentant à travers vignes, cactus, câpriers, oliviers et palmiers. Çà et là, posées à la va-vite sur un plateau, quelques maisons carrées surmontées d'une coupole regardaient vers la mer. Les villas du cru. Noires. De véritables bunkers. Sting devait se terrer là-dedans, à l'abri de ses ex-fans écœurés.

Une heure plus tard, j'ai atteint le flanc du volcan dans lequel étaient nichés les deux pistes et le hall. Deux avions étaient au parking sur le tarmac : le nôtre, solidement attaché au sol, et un petit monomoteur. Aux jumelles, j'ai aperçu sur son aileron arrière l'écusson d'une école de pilotage maltaise. Très peu de chances que ça soit un avion renifleur de thon.

Une sympathique agitation régnait sur le plateau. Le vol quotidien pour Palerme. Je me suis assis sur un banc à côté d'un type africain qui avait l'air radieux. Un sac de sport rouge était posé à ses pieds. Je lui ai demandé du feu.

– Vous quittez cette île ? j'ai continué en lui rendant son briquet.

– Oui.

– D'où êtes-vous ?

Son regard s'est assombri. Il m'a assez longuement dévisagé, a tiré sur sa clope et m'a répondu dans un souffle :

– Soudan.

– Et vous êtes là depuis longtemps ?

Ses yeux se sont fixés droit devant. J'ai réitéré ma question en anglais, puis en français, mais il ne semblait pas disposé à me parler. Ce sommet d'incommunicabilité avec un frère humain m'a mis un peu mal à l'aise. J'ai fait les cent pas devant le hall puis, une fois parti l'avion pour Milan avec son passager mystérieux, je me suis rassis sur le même banc. Un vieux numéro de la *Gazzetta dello Sport* trouvé dans la poubelle m'a tout de même aidé à tromper mon ennui. Gattuso s'était fait expulser contre le Napoli. Ça faisait toujours le même effet. Du baume au cœur.

Marko m'a appelé. Il était à l'aéroport de Lampedusa et s'apprêtait à décoller pour Malte.

– J'ai tout eu sur I-GIMT et I-FONO ! Factures de carburant, identités des pilotes, la totale ! Avec ta photo, on montre qu'au moins deux avions de repérage continuent à voler tranquillement malgré l'interdiction. Ils sont morts, mon pote !

En trois jours de travail, à trois, on en avait fait plus que l'*Antarctic Pride* dans le canal de Chypre en quinze jours.

– Tu en es où, toi ? il m'a demandé.

– J'avance. Assez vite... Je ne devrais pas tarder à être fixé !

– Tiens-moi au courant.

Fabri, l'un des deux types que j'avais aperçus la veille dans le bureau de contrôle, sortait régulièrement fumer des cigarettes. À deux reprises, je l'ai vu loucher sur ma *Gazzetta*. Marko avait cartonné à Lampedusa, je devais tenter ma chance ici. Au fond, je le savais, j'étais monté pour ça... Et au pire, si les choses tournaient mal, je me retrouverais chez les flics pour quelques heures. Ils n'auraient rien de sérieux.

J'ai mis mes lunettes de soleil et, en palpant dans ma poche les deux billets de cinquante, j'ai fini par m'approcher du type. Il a accepté le journal en souriant. Il avait l'air soulagé.

– Vous travaillez ici ? je lui ai demandé en italien.

– Oui.

– Vous pouvez sûrement me renseigner ? Je voudrais savoir si l'un de ces deux avions de tourisme va atterrir cet après-midi...

J'ai ouvert mon carnet et lui ai indiqué du doigt les immatriculations des deux *spotters* italiens.

– Aucune idée ! Pourquoi ?

– J'attends des amis qui arrivent avec ces avions. J'ai débarqué hier avec un autre, là-bas, le F-H-U-N-T, j'ai précisé en montrant le *push-pull* de la main. On s'est vus hier, vous vous souvenez ?

– Ah oui ? Je peux me renseigner.

– OK.

J'ai allumé une nouvelle clope.

D'un pas tranquille, il est entré dans le hall et s'est dirigé vers l'Ufficio Controllo Traffico. À mi-chemin, il s'est retourné, a passé sa main sur son crâne presque chauve et il est revenu vers moi.

– Au fait, ce sont des avions privés ?

J'ai acquiescé. Il s'est tortillé, mal à l'aise.

– Alors, ça ne va pas être possible !

J'ai soupiré bruyamment.

– Merde ! Il va falloir que je reste ici toute la journée… Vous êtes sûr que vous ne pouvez vraiment rien faire ?

– Non. Désolé.

On était sur de mauvais rails. Autant y aller cash.

– Dommage. C'est très important pour moi. Ces deux avions-là et puis tous les autres petits bimoteurs privés qui passent par là… Ils m'intéressent énormément ! Est-ce que vous pourriez me montrer leurs déclarations de vol ?

Le type m'a fait répéter, incrédule.

– Les papiers. Je voudrais voir ces papiers, et… J'ai cherché en vain une lueur de compréhension dans ses yeux… Et puis je veux les prendre en photo !

Toujours pas la moindre réaction. Mon sang s'est glacé. Le râteau monumental pointait son nez.

Pouvez-vous m'aider ? Combien voulez-vous ? *Quanto* ?

– …

– Je peux vous donner cent euros, j'ai alors conclu devant son regard ébahi.

– Mais qui êtes-vous ?

– Je suis un touriste. Pas un extraterrestre, ne vous inquiétez pas ! j'ai ajouté en rigolant tout en lui tapant amicalement l'épaule.

Ça ne l'a pas du tout fait rire. À tous les coups, c'était là la première tentative de corruption de sa vie. Et c'était tombé sur moi.

– *Allora ! Allora !* Attendez là. Ou non plutôt suivez-moi !

On est entrés dans le hall. Il s'est dirigé vers un bureau en face de l'Ufficio Controllo. Une femme d'une soixantaine d'années y trônait derrière un large bureau vide. L'œil noir, la coiffure sévère. J'ai vu instantanément Mme Lorni, l'institutrice de l'école primaire catholique où j'avais passé une année. Une terreur. Pour nous punir, elle nous faisait lever et tenir à bout de bras le plus lourd des livres, celui d'histoire. Jusqu'à l'épuisement. Fabri m'a montré du doigt. La femme m'a regardé, a souri, puis secoué la tête en haussant les épaules. À vingt mètres de là, à l'autre bout du hall, les trois flics de garde s'envoyaient de grandes tapes dans le dos en discutant devant la cafétéria. L'un d'eux a jeté un œil dans ma direction. J'aurais dû partir en courant.

Fabri est revenu se planter devant moi.

– Désolé, c'est vraiment impossible ! Mais s'il vous plaît, expliquez-moi qui vous êtes et ce que vous faites... Nous voudrions savoir...

Je lui ai tendu brusquement la main.

– Au revoir. Merci pour votre aide ! Il faut que j'y aille.

Aussitôt j'ai tourné les talons et filé dans le parking en slalomant entre les voitures. Quel manque d'expérience !

Comment avais-je pu me fourvoyer de la sorte ? Avec de si pures intentions. Cent euros ! En vérité, c'est au sosie de Mme Lorni que j'aurais dû directement m'adresser avec mille. Minimum.

M'étant assuré que personne ne me suivait, je me suis assis derrière une camionnette garée à l'extrémité du parking, sur le bord extérieur du plateau.

Au loin, dans les eaux tunisiennes, de larges pans de mer s'illuminaient, au gré du défilement des nuages. Des centaines de thons devaient filer là-dessous... J'ai allumé une cigarette et me suis laissé hypnotiser par le spectacle. Puis le visage de Franck m'est apparu. Les vérandas de Noël. J'ai rêvassé des heures en tournant tout un tas d'hypothèses dans ma tête. OK, ces types étaient de mèche avec les thoniers, mais que foutaient-ils là *vraiment* ?

Vers 17 heures, j'ai aperçu de mon perchoir une Fiat monter vers l'aéroport. C'était celle de Noël. Je me suis caché derrière un arbre. Il était au volant, seul. Il a fait un tour en regardant à droite et à gauche, puis un autre tour, avant de repartir aussitôt. J'ai eu la désagréable impression qu'il me cherchait. Un quart d'heure après, j'ai reçu un SMS de Franck : « Où es-tu ? On a des trucs à te dire ! » La fille de l'hôtel aurait-elle parlé ? Une énorme soif m'a saisi la gorge. Discrètement, je me suis approché du hall.

À l'intérieur d'une berline, une jeune femme blonde secouait la tête dans tous les sens. Debout, un grand type en costard joignait les mains en essayant de la raisonner, manifestement très embarrassé. Elle donnait des grands coups de pied sur le tableau de bord. Tous les deux se sont mis à hurler. Une demi-douzaine de curieux sont sortis du hall pour suivre en direct cette scène de ménage explosive. Fabri en faisait partie. Je suis resté en retrait en gardant un œil sur le show.

L'arrivée de l'avion de Palerme a mis le tout en sourdine. Mais sitôt le moteur coupé, ça a repris. Solo de la femme. Silence. Solo de l'homme. Duo. Silence. Chorus. Silence. Au moins, ils ne se tapaient pas dessus. Les cris ont fini par s'éteindre. Le type en costard a alors couru vers le hall, l'air hagard. Très vite, une ambulance a déboulé sur le plateau toutes sirènes allumées. Des infirmiers en sont descendus en vitesse et ont investi la voiture. Ils en ont sorti la jeune femme et l'ont transférée sur un brancard. Inconsciente.

Quelques minutes plus tard, c'est un hélicoptère jaune et orange qui a jailli de derrière une montagne. *Protezione civile.* Il s'est posé à l'extrémité gauche du hall dans un bruit assourdissant. Des types, médecins ou infirmiers, ont filé vers l'ambulance.

Une quarantaine de personnes – tout ce que cet aéroport devait compter d'êtres vivants – était maintenant massée autour. Que pouvait-il se passer ? Je n'ai jamais su. Les grilles d'accès du tarmac au parking ont été ouvertes et l'ambulance s'est avancée. Les policiers, manifestement nerveux, empêchaient les gens de trop s'approcher de l'hélico. Fabri et sa chef essayaient de leur donner un coup de main. En vain. Une bonne dizaine d'entre eux a quand même suivi l'ambulance.

Je suis rentré dans le hall. Il était complètement vide. Même le tenancier de la cafétéria avait quitté son poste. Et sur la droite, la porte de l'Ufficio Controllo était entrouverte. Mon cœur s'est mis à me percuter les côtes. Sans réfléchir, je me suis avancé et j'ai poussé la porte. Je pourrais toujours dire que je cherchais Fabri... Personne. Sur la même table que la veille se trouvait rangé le même classeur, cette fois fermé. Je l'ai ouvert à la dernière page et j'ai sorti le petit Sony. Certains jours, il n'y avait rien. J'ai enchaîné les pages et les photos sans regarder, une vingtaine en moins de deux minutes. Je suis descendu jusqu'au 12 mai... L'idée d'embarquer carrément le classeur et de le mettre dans mon sac m'a traversé l'esprit... Une folie. Soudain, un grand silence s'est fait dans le bureau. L'hélico avait dû s'arrêter. Saisi, j'ai refermé le classeur.

Par la porte restée entrouverte, j'ai alors vu un uniforme de dos près du portail magnétique. J'étais pris au piège. Comment sortir ? Avec ce qu'il me restait de souffle, j'ai attrapé un gilet jaune accroché à un portemanteau et filé à l'autre bout de la pièce vers la porte qui donnait sur le tarmac.

Personne.

À vingt mètres trônait le F-HUNT. Toujours sanglé. Mu par une étrange force, je me suis approché d'un pas rapide en tâtant le petit Opinel dans ma poche. C'était trop tentant. Au troisième coup de lame, le pneu avant s'est mis à siffler. Je jure que je n'avais rien planifié. Rien prémédité.

Vingt secondes plus tard, j'ai contourné le bâtiment en direction de l'hélico et de l'ambulance. Les pales ne tournaient plus, mais la confusion, elle, persistait. Les grilles étaient toujours ouvertes. Les flics et les pompiers n'avaient pas l'air d'accord, Fabri parlait avec animation avec l'un des ambulanciers, les médecins s'activaient à bord de l'hélico. Moi et mon gilet, on s'est approchés en essayant d'avoir l'air le plus détendu possible, mais personne ne nous a accordé la moindre attention. Deux secondes plus tard, j'étais sur le parking. Libre.

Dans la descente vers le port, je me suis mis à courir. Dix fois, alerté par le rythme trop lent d'une voiture qui m'arrivait dans le dos, j'ai ralenti et me suis tenu prêt à me jeter dans le fossé. Dix fois, j'ai cru voir le canon scié d'un Lupara dans la main d'un des passagers. Les fantômes de Cosa Nostra. Des dizaines de DVD. Toute une éducation. Fabri pouvait avoir prévenu les Italiens de retour qu'un bizarre espion français en avait après eux... Noël pouvait débouler avec sa Fiat. Qui sait ce que chacun de ces types avait derrière la tête ? J'étais seul sur cette île. Des semaines pourraient passer avant que mon corps soit retrouvé.

J'ai fini par me faire une raison et j'ai ralenti. Au fond, la pénombre donnait à cette île un certain charme. Elle retrouvait son obscurité d'origine, avant qu'elle ait été dégueulée par un volcan il y a dix millions d'années. Dans un virage, je me suis même arrêté pour faire quelques photos d'un gros buisson de cactus, des figuiers de Barbarie qui, ainsi enchevêtrés, me faisaient penser à un Picasso : *Guernica*. C'est alors qu'une douleur abominable m'a transpercé le cou. Sans réfléchir ni me retourner, comme un fou, je me suis mis à courir en zigzag puis j'ai sauté par-dessus le mur de pierres vers un champ en aval. Je suis retombé deux mètres plus bas et j'ai roulé à terre jusqu'à un autre cactus avant de me relever et de me coller le dos au mur.

Plusieurs dizaines de secondes se sont écoulées. Je respirais le plus doucement possible.

Personne. Ni au-dessus, ni en face, ni sur les côtés.

Une voiture est passée sur la route, puis le silence s'est fait de nouveau. La douleur me transperçait la nuque. J'ai mis la main dessus. C'était gonflé. Mais pas la moindre trace de sang. Une putain de piqûre de guêpe. J'ai hurlé de rage et de soulagement, puis je suis remonté sur la route en boitillant.

De retour à l'hôtel, j'ai remarqué que le cheveu que j'avais collé à moitié sérieusement en partant sur le placard où étaient mes affaires était tombé. Mais ce pouvait tout aussi bien être le service de chambre… En revanche, j'ai eu la certitude que mon sac avait été vidé et inspecté : ma boîte d'ampoules de plasma marin était ouverte.

J'ai avalé deux Rhinadvil, deux ampoules de plasma, et j'ai transféré le butin de la journée sur le Mac. La pêche était quasi miraculeuse. J'avais les traces de tous les *spotters* qui s'étaient servis de Pantelleria comme escale ou comme base arrière depuis le début de la saison.

Quatre clichés concernaient le I-FONO, dont celui que j'avais eu la veille, et trois le I-GIMT, des vols Lampedusa-Pantelleria ou Pantelleria-Pantelleria. Les plus gros clients.

Les plus anciennes feuilles, datant de mi-mai, faisaient état du passage de deux avions, un Cessna et un Partenavia, en route vers Chypre. J'avais aussi toutes les déclarations de vol qui concernaient le F-HUNT. Sur celle du 31 mai, le nom de Bernard, passager et « observateur Greenfight », apparaissait en gros.

Il était 21 heures. J'ai tout sauvegardé sur ma clé USB, l'ai mise dans ma poche, puis je me suis dirigé poussivement vers la pizzeria où dînaient Noël et Franck.

14

Leur table était située à l'extrémité de la terrasse. Au loin, je voyais de la fumée se glisser par la fenêtre ouverte. Franck semblait très en verve. Il était temps de jouer cartes sur table. Faire exploser l'embrouille. Les écraser comme des moustiques ! Mais comment s'y prendre ? Il y avait sûrement mieux à faire. Une petite idée m'est alors venue. C'était comme si des antennes de homard m'avaient subitement poussé sur la tête. Il y a des jours comme ça.

De retour à l'hôtel, je suis monté au dernier étage. Un escalier métallique donnait accès au toit. Là-haut, j'ai rampé jusqu'à la bordure. Les chambres de mes deux potes étaient les deux plus à gauche. Et, grâce au ciel, l'une des deux portes vitrées était entrouverte. En espérant que ça soit celle de Noël, je me suis laissé tomber sur le balcon, j'ai fait coulisser la porte et je suis entré.

Quelques papiers s'étalaient sur la table, ainsi qu'un ordinateur portable. Un passeport : Noël Moreno. Bingo. J'ai jeté un œil au placard en utilisant mon portable comme lampe de poche. Rien. J'ai feuilleté tous les papiers sur la table : cartes touristiques de Pantelleria et pochettes de DVD piratés. Rien. J'ai fait les tiroirs de la table de nuit et la salle de bains. Que dalle. Mais qu'est-ce que je m'attendais à trouver ? Une confession signée et datée ? De retour dans la chambre, j'ai passé la main au-dessus de l'armoire et senti un objet dur enveloppé dans un tissu. La forme m'a semblé familière. Interloqué, ayant l'impression de déraper dans un film, je l'ai attrapé et j'ai déroulé un tee-shirt. C'était un flingue. Une espèce de Colt argenté... Stupéfait, et vaguement inquiet, j'ai replacé le tout. Noël Moreno ?

J'ai jeté un œil par la fenêtre.

Les deux n'étaient plus à la terrasse de la pizzeria.

J'ai entendu des voix s'approcher puis un trait de lumière s'est glissé sous la porte. À toute vitesse, j'ai remis en place la vitre et posé le pied sur le balcon. Chez Franck, la lumière s'est allumée. Mon pied a dérapé. Devant moi, la chambre de Noël s'est allumée à son tour. À la troisième tentative, j'ai réussi à me hisser et me suis allongé sur le toit, en sueur.

Quelques bribes de mots inintelligibles. Le frottement d'un briquet... Ils étaient sur le balcon. Puis Franck s'est mis à chantonner et Noël a lâché :

– De toute façon, les autres partiront tous de Marina di Modica.

– Marina di Modica ? a dit Franck de sa grosse voix. Pourquoi ?

– C'est plus pratique. C'est le patron qui a décidé ça !

Le silence s'est fait de nouveau. Je suis resté terré dix minutes sans faire un geste. Ils se sont souhaité bonne nuit. Quelques instants plus tard, des bruits de tuyauterie sont montés des salles de bains. J'ai rampé jusqu'à l'escalier, suis redescendu sur la pointe des pieds et j'ai fait mes affaires en vitesse.

Sur le port, le seul autre hôtel voulait cent euros pour une nuit. Absurde. Ma carte n'était pas fiable et le peu de *cash* qu'il me restait, je devais le garder pour pouvoir quitter l'île. Alors j'ai rasé les murs jusqu'à une place faiblement éclairée à l'intérieur du bled. Un banc ferait l'affaire.

Selon le *Routard*, Marina di Modica était au sud-est de la Sicile. Qu'est-ce qui pouvait bien partir de là-bas ? Des avions ? Après une telle journée, il m'aurait fallu un bout de Xanax pour mieux réfléchir, essayer de comprendre, car je n'arrivais pas à me concentrer plus de quatre secondes et la sensation du Colt de Noël me revenait sans cesse dans les mains.

Un type s'est approché de moi. Je voyais à peine son visage... Il voulait une clope. Quand il a mis la main dans sa poche arrière, j'ai reculé d'un pas en attrapant mon couteau. Il en a sorti un briquet et s'est éloigné en secouant la tête. J'ai repris mon errance.

Quelques minutes plus tard, Marko m'a appelé. Il était surexcité. J'ai dû écarter mon oreillette tellement il hurlait.

– Tu sais qui je viens d'avoir au téléphone ? Di Rollo !

Mon ami de Port-Vendres. Le sympathique patron repenti qui, mis en examen, parlait depuis cette année pour se racheter une conduite et sauver les meubles.

– Vas-y, raconte, j'ai dit très doucement. Je crois que je suis blindé.

– Ne dis jamais ça ! Tu sais jamais ce que le thon peut te réserver... Bref, il m'a dit qu'il avait appelé Jean-Pierre Taral, comme ça, pour savoir ce que foutaient ses avions... Eh bien, Taral lui a répondu que ses avions étaient en ce moment... affrétés par Greenfight ! Tu te rends compte ? Il paraît qu'il répète ça partout dans les ports.

Chacun commence à jouer ses cartes, j'ai pensé. Normal.

– Moi, j'ai appelé Frontex : Taral ne travaille pas du tout pour eux...

– Évidemment !

– Quant à Noël, le soi-disant observateur, il ne s'appelle pas Menez mais Moreno. Et il est né à Sète en 1964... Et puis j'ai vu aussi sur un site que... Tu es devant un ordi, là ?

– Je peux me connecter. Une seconde.

– Tape « cercle aéro »...

– Ouais.

– Va sur leur blog, en mars. Regarde la news qui concerne le convoyage vers Oman. Tu as vu la photo ?

– C'est ton avion, non ? il m'a demandé, presque hilare.

– Exact.

Il a lu le passage comme je l'avais fait quelques heures plus tôt.

– Oman, ça, c'est la totale ! Ça confirme mon hypothèse !

– T'as vu ça ! Jean-Pierre Taral est toujours en contact avec les thoniers. Il nous a complètement blousés.

– Eh ouais. T'as tout compris.

– Tu le savais ?

– Ben... à vrai dire, ça ne m'étonne pas.

– Alors, qu'est-ce que fout cet avion, dis-le moi ! je me suis énervé. Je commence à en avoir ma claque de ce cirque.

– À mon avis, il est en réserve. Tes lascars sont à l'affût. Ils en profitent : ils font du repérage... Pas de thons, mais des thoniers... Voir ce qui se passe... Si les autres pêchent et où ? Qui fait quoi ? Quels sont les avions ? Si ça travaille beaucoup dans la zone, ils feront venir des bateaux et peut-être bien que cet avion se mettra aussi à *spotter*...

– Et tu crois que l'investissement se justifie ? Un avion, deux types pendant des semaines. Des milliers d'euros de carburant ?

– Tout se justifie, a lâché Marko d'un ton sans appel. Dis-toi que c'est la guerre ! La guerre totale. Tous courent après les derniers gros poissons qui restent... Bien placé, en une semaine, un groupe peut faire trois cents tonnes, plus de deux millions d'euros.

– Et nous, alors, qu'est-ce qu'on fout là-dedans ? Il y a un truc qui m'échappe.

– Eh ! Espionner, c'est la raison de votre présence...

– On n'a pas exactement les mêmes buts !

–Évidemment. Eux espionnent leurs concurrents, vous tout le monde... Ils savent que chaque année vous les traquez, alors autant savoir où vous êtes et ce que vous voyez, et puis... et puis... si possible, s'arranger pour que vous trouviez des choses sur leurs concurrents... comme par exemple certains Italiens !

– C'est complètement tordu, j'ai commenté... Qui peut être derrière tout ça ? Je doute que Taral agisse seul...

– Tout est là ! Et j'ai ma petite idée...

– J'imagine.

– Je ne vois qu'une personne assez maligne pour penser à faire venir les écolos au cœur du crime... *Mamma mia* !

Il gloussait. Très agaçant.

– Je t'écoute, j'ai fait d'une voix lasse.

– Réfléchis ! Pour qui travaillent les deux avions italiens qu'on a déjà topés grâce à eux ?

– Pour les gens de Salerne, non ?

– Exact. Et quel est le plus gros groupe de thoniers senneurs européens ?

– Ben, le même consortium de Salerne, non ?

– Qui vient ensuite ? Quel est son principal concurrent ?

Je commençais à voir où il voulait en venir. Et c'était énorme. Le parrain de Sète aurait manigancé tout ça ? Antoine Seccapone. L'histoire entrait dans une autre dimension... Et je me suis demandé si je n'avais pas fait une connerie là-haut avec mon Opinel. Une de celle dont on ne se relève pas.

Bien sûr, il ne fallait pas non plus trop en faire sur les dérives mafieuses de ce milieu. Mais tout de même ! Cartels, intimidations, mépris des lois étaient la norme. En 2007, tous les débuts de semaine pendant trois mois, Yannick avait retrouvé une tête de thon sanguinolente sur le palier de sa porte à Paris. Et il y avait ces histoires... Des légendes ? Règlements de compte en mer, genoux pétés, filets brûlés à quai, menaces de mort.

Noël Moreno.

– Tu crois vraiment que Seccapone peut être derrière tout ça ? j'ai demandé.

– Évidemment ! Je n'ai pas encore de preuve formelle, mais ce convoyage à Oman confirme mon intuition. J'ai entendu dire qu'il avait des plans là-bas... Au fond, il n'y a que Seccapone qui soit assez intelligent et riche pour se payer un avion en rab et vous faire inviter dessus, a repris Marko... Et comme par hasard, il vous aurait fait voler au-dessus des bateaux des Italiens de Salerne avec qui il est en guerre ! Pas au-dessus de ceux de ses associés siciliens !

– Pourquoi il ne l'a pas fait encore ?

– Il n'y a peut-être rien à montrer. Ils attendent...

– Putain, j'ai lâché, médusé.

L'étendue de l'embrouille me sidérait. Et j'ai vu Yannick, le grand Yannick Rouget s'écrouler de son piédestal. Comment avait-il pu se faire rouler dans la farine ainsi ?

– Au fond, on savait presque tout ! j'ai dit. Taral avait prévenu qu'il voulait se venger... Et on a accepté d'y aller les yeux bandés !

Marko a éclaté de rire.

– Technique de base ! Mets en avant les choses que tu veux cacher ! Ton collègue Yannick a oublié que, dans ce milieu, le mensonge et la désinformation s'apprennent à l'adolescence... Et plus le thon se fait rare, plus ils prospèrent... Si un pêcheur te dit « j'ai pas pêché », c'est qu'il a pêché, s'il te dit « le poisson est au nord », c'est qu'il est au sud, s'il te dit « les avions, c'est fini », c'est qu'il en a trois !

– On est ridicules.

– Relativise un peu, Ambaz ! Ils se sont bien foutus de votre gueule, OK, mais ça nous a permis de travailler. On est quand même en train de montrer que des avions continuent à voler.

– En nous faisant manipuler !

– Tous les flics travaillent comme ça... Sur la foi de tuyaux d'indics qui jouent double jeu. Chaque chose en son temps !

J'ai fini par lui raconter mon expédition à l'aéroport, les nouvelles déclarations de vol, F-HUNT compris, que j'avais obtenues. Et le flingue de Noël. Cette fois, il était bluffé.

– Tu as goûté au sang, je vois !

– Je me suis surtout pris au jeu.

– Comment tu les as eues, ces déclarations de vol ? Combien ça t'a coûté ?

– Rien. Zéro euro. Un coup de bol.

Je l'ai entendu aspirer longuement une taffe.

– Je ne te crois pas.

Personne ne saurait jamais rien sur ses papiers. On les avait. C'était bien et c'était tout. Idem pour le reste.

– Ambaz, mon pote, on a maintenant une longueur d'avance ! T'es un bon. Ils ne savent pas que tu connais le vrai nom du type, ni qu'on a ces déclarations... On a de quoi travailler.

– On va les avoir, tous !

– En attendant, il ne faut surtout pas qu'ils sachent où tu es ! S'ils apprennent d'une manière ou d'une autre que tu as des infos sur eux, ces bâtards sont capables de tout, même de te lâcher en Libye à poil… Qui viendra te chercher ? Alors quitte cette île au plus vite !

– OK. Puis on se retourne et on le chope ! Seccapone ! Hein ?

– Choper Seccapone ?! Doucement !

– Pourquoi pas ?

L'année précédente, l'un de nos bateaux avait suivi au large de la Crète le bateau où se trouvait son fils, Bruno (lui-même ne montait plus à bord depuis des années). Une pluie d'insultes s'était ensuivie. Deux jours plus tard, notre bateau avait mis les voiles. Il n'y avait évidemment rien à voir. Tout le monde savait que Seccapone était le plus grand tricheur du milieu. Mais ni nous, ni Marko, ni les autorités n'avions jamais réussi à le mettre en défaut sur quoi que ce soit. Il était bien trop malin pour ça.

– Si on arrive à trouver quelque chose sur lui, c'est le top, hein ? On est d'accord ? j'ai observé d'une voix calme.

– *Claro.*

– Ça te dit quelque chose, Marina di Modica ?

– Non.

– C'est là qu'il faut aller !

Cinq minutes plus tard, comme un fantôme, j'ai marché vers l'arrière-port en traînant ma valise. J'ai erré un moment en regardant de tous les côtés, puis je me suis allongé dans un petit bateau de pêche, enveloppé dans mon sac de couchage. Personne ne pourrait me trouver là.

Le vent sifflait dans tous les mâts, infernal, et les vagues déchiraient la jetée. J'ai coupé le son de mon portable.

En essayant de m'endormir, l'étonnante allure du parrain sétois m'est revenue en tête. Je l'avais croisé à Dubrovnik deux ans plus tôt lors de la conférence de la Commission thonière. Chemise blanche ouverte, toupet, casquette vissée sur le crâne, grosses lunettes métalliques des années 1970, voix rauque et accent chantant. Une allure tranquille à la Marius. Soixante-dix ans. Un brave pêcheur du sud... Un jour, il était venu nous dire un mot, un grand sourire aux lèvres, sa cour le précédant. J'étais avec une collègue de l'iEF.

– Alors, les écolos, vous voulez nous enlever le pain de la bouche ? Nous, on travaille. On réussit. On veut nourrir nos familles ! Vous voulez nous empêcher de travailler, hein ?

En regardant mieux, je voyais aussi son pull soigneusement relevé sur sa Rolex, son regard noir, j'entendais ses incessants et froids coups de gueule et notais la déférence de ses collègues pêcheurs français, croates ou turcs. J'étais à l'époque en pleine immersion dans les *Sopranos*, et sa ressemblance avec l'oncle de Tony, Junior Corrado, m'avait tout simplement sidéré. À la différence de Junior, Antoine Seccapone ne souffrait toutefois pas de la concurrence d'un quelconque neveu. Au fond, il était assez curieux d'imaginer que ma présence ici était la conséquence d'un plan de Seccapone. J'ai eu l'impression de figurer au casting de ma série préférée... Je ne savais pas si c'était bon signe, mais, en tout cas, j'avais maintenant de quoi entrer dans l'histoire de Greenfight... par la grande porte ! En me payant le plus puissant des thoniers.

Deuxième partie

L'oasis

1

À Trapani, la Sicile pointe vers la Sardaigne, se rétrécit et plonge tranquillement dans la mer Tyrrhénienne. Beaux immeubles colorés et rues pavées se croisent en angle droit. Un vrai petit Manhattan. Selon mon guide favori, aucun doute, l'Albergo Messina était à privilégier : « L'immeuble a vraiment beaucoup de charme avec sa cour à arcades. Par chance, les vastes chambres, avec des salles de bains communes nickels, sont restées dans leur jus, avec du vieux carrelage et une décoration authentique, tout en étant très bien tenues par les femmes de la maison. » Premier sur la liste, un refuge pour touristes... Parfait pour un retour de l'île noire.

J'ai fait trois fois le tour du pâté de maisons pour brouiller les pistes, au cas où, et me suis engouffré dans la cour. Au troisième étage, j'ai tiré sur la corde d'une vieille cloche et une jeune femme est venue m'ouvrir. Brune. Jean moulant blanc à paillettes, casque audio juste tombé sur les épaules, baskets Nike marron. Elle m'a scanné des pieds à la tête. Ça ne m'a pas fait très bonne impression... Et son antre, en fait de « décoration authentique », suait la ringardise et l'absence totale d'entretien. Les murs étaient surchargés de gravures de ruines antiques et de coupures de journaux sales. Je devais être le seul client de la semaine. D'une voix désagréable, elle m'a proposé une minuscule chambre avec un lit simple. Vingt euros. Les autres avaient l'air du même acabit. C'était pourri, mais tranquille. Filtré par les persiennes, le soleil lacérait les murs verts délavés. Je lui ai tendu mon passeport et j'ai fermé la porte.

Marko m'a appelé pour me signaler qu'une source à la Commission affirmait qu'une partie des bateaux de Seccapone venait d'arriver dans le canal de Sicile par la Tunisie. Ses ennemis de Salerne et ses alliés siciliens y convergeaient aussi... Il commençait à y croire :

– Tout s'emboîte. On va mettre les mains dans la termitière !

– Son plan était quand même bien pourri.

– Tordu, oui, pourri, non ! L'erreur, une fois de plus, est de vous sous-estimer.

On a convenu de se retrouver le lendemain soir à Pozzalo, à l'autre bout de l'île, où il arriverait de Malte en hydroglisseur, à quelque dix kilomètres de la Marina.

Je me suis allongé sur le lit. Enfin seul. Les lignes de ferries étant interrompues par le mauvais temps, j'avais dû retourner à l'aéroport à moitié déguisé et me battre pour obtenir une place en *stand-by*. Mes intestins étaient carrément en grève. Il me fallait un peu de calme pour remettre tout ça en place. Respirer par le nez. Expirer. Doucement. Oublier les avions et tout le bordel pour un moment... J'ai fermé les yeux. La méditation peut changer la vie. L'important est de faire ça selon l'enseignement zen *mushotoku,* « sans but ni esprit de profit ».

Des tapotements contre la fenêtre m'ont alors perturbé. J'ai essayé de faire abstraction du monde extérieur, un bordel intense. Comment s'en étonner ? Revenir à la respiration, me calmer, mais ça s'est reproduit. Des cailloux ? Je me suis relevé brusquement. Nouveaux tapotements. Je ne voyais rien de l'autre côté, à part le mur en ruine de l'immeuble d'en face. J'ai prudemment ouvert la porte vitrée, puis les persiennes, avant de les reclaquer aussitôt. Une énorme mouette était affalée sur la dalle du balcon.

J'ai entrepris de pousser complètement les volets pour la faire fuir. Au lieu de sautiller vers la balustrade pour s'envoler comme l'aurait fait n'importe quel oiseau normalement constitué, cette conne a pris peur et filé à pied en passant à travers la ferronnerie. C'était beaucoup trop étroit ! Coincée, elle s'est mise à se débattre. Un enfer. Elle allait se briser les ailes. Je serais obligé de supporter son agonie ou alors de la libérer... À la main ?

J'ai tout refermé. Elle s'est extraite du piège puis s'est remise dans son coin en tapotant le balcon de ses pattes palmées. Enfin, elle a relevé la tête vers moi et m'a fixé, sûre de son bon droit. J'ai attendu qu'elle se remette en place et j'ai recommencé la manœuvre. En vain.

La situation était délicate. Et Xavier Maniguet avait fait l'impasse là-dessus. Après avoir fait tourner toutes les possibilités pendant quelques minutes, je suis courageusement allé chercher mon hôtesse, la charmante fille de maison qui s'était réfugiée dans son appartement au-dessus, bien moderne celui-là, et j'ai demandé à changer de chambre. Elle ne comprenait pas, alors je l'ai conduite jusqu'à ma cellule et lui ai indiqué le monstre à travers les persiennes, monstre qui semblait maintenant carrément hilare.

La fille m'a regardé d'un air hautain et a pris deux ou trois secondes avant de me demander :

– Pourquoi ne la faites-vous pas partir ?

Mes laborieuses bribes d'italien sont sorties comme d'une mitraillette.

– J'ai essayé. Elle ne veut pas ! Elle est chez elle. Vous êtes chez vous... Faites-ça vous-même ou donnez-moi une autre chambre !

Nouveau silence.

– Il n'y en a pas.

– OK. Où est mon passeport ?

Elle est remontée le chercher, me l'a tendu en marmonnant quelques mots, certainement des amabilités en sicilien auxquelles je me suis empressé de répondre par leur équivalent en français avant de filer.

À cent mètres de là, l'hôtel Calvino n'est pas dans le *Routard*, mais offre un asile sûr, calme et propre pour vingt-cinq euros. Pas de vieille tapisserie pourrie. Pas de chambres dans leur jus. Pas de sadique à l'accueil. J'aurais aimé que le rédacteur de ce putain de guide passe la nuit dans une chambre dont le balcon sert de base arrière à une énorme mouette nécrophage, mais il n'a probablement jamais dû y foutre les pieds.

Après une douche, je suis allé me renseigner sur les horaires de bus, puis j'ai longé les quais déserts jusqu'au port de pêche. À côté d'une vingtaine de *lamparos*, des senneurs qui ciblent l'anchois ou la sardine à l'aide de petits skiffs surmontés de puissantes ampoules pour attirer les bancs la nuit, se trouvaient le *Ligny Primo* et le *Gaetano*, deux gros thoniers senneurs italiens. Effilés et puissants. Des marins étaient sur le quai. Torse nu, le cul sur les bittes d'amarrage, ils fumaient des clopes. À bord, d'autres étendaient leur lessive sur des fils.

À l'extrémité de la péninsule, entre les deux ultimes immeubles, le soleil tombait délicatement dans l'eau. Le bout du monde. Un couple d'amoureux se prenait en photo en suçant des glaces fluo. Ils avaient l'air heureux. Je les ai regardés avec envie.

Ma dernière copine, la végétalienne intégriste, ne pouvait pas me laisser manger sans énumérer la quantité de dommages environnementaux et sociaux infligés par la production de la nourriture que j'ingurgitais pour remplir ma panse de privilégié occidental. Une sorte de bénédicité. Même une bonne bière à base de houblon et de malt la faisait souffrir. Pesticides obligent. Elle était allergique au latex des préservatifs, refusait l'esclavage chimique de la pilule et ne jurait que par son anneau contraceptif, le Nuvaring, un bout de plastique intra-vaginal micro diffuseur d'hormones qui la plongeait dans un état dépressif trois semaines sur quatre. Pendant la semaine restante, pas question de faire appel aux tampons ou serviettes jetables, elle se débarrassait de l'anneau maléfique et s'introduisait un nouvel instrument écologique de torture, la Mooncup. Évidemment, tous ces admirables appareils ne laissaient guère de place pour le reste.

Dans le resto où je me suis finalement arrêté, je me suis retrouvé à côté d'une bande de touristes français, des plaisanciers. De jeunes médecins montpelliérains en vacances. Deux couples et une fille. Je leur ai dit ce que je faisais là. En gros. Greenfight, le thon rouge. Tragédie des communs ! Les avions, les fraudes, la mafia... En Sicile. Tout un bordel ! J'avais trouvé des trucs pas clairs et des types en avaient après moi. Je devais me méfier... Tous m'écoutaient ébahis. Mon visage égratigné par les cactus et la jambe que je traînais ostensiblement ont fait le reste : ils m'ont invité à boire un verre sur leur bateau.

Une fois à bord, un des types a roulé un joint, je suis parti au quart de tour : j'étais en pleine forme, à deux mille pieds au-dessus de tout. Et j'ai dû parler un peu trop... Deux heures plus tard, on était les meilleurs potes du monde. Ils étaient sympas, surtout Laure, la fille seule.

Quarante ans, de larges cuisses, des seins réconfortants, de longs cheveux roux et une bouche immense.

Un des gars a fini par lâcher qu'il allait se coucher. Il était une heure ou deux du matin. Tout le monde est descendu. Laure m'a dit que je pouvais dormir sur l'une des banquettes du carré, si ça m'arrangeait. Je suis descendu avec eux. En passant devant moi pour rejoindre sa cabine tout à l'avant du bateau, elle m'a souhaité bonne nuit en me frôlant du genou.

Dix minutes plus tard, tout le monde était couché. J'ai frappé doucement à sa porte. Elle était en tee-shirt, couchée sur le ventre sur un grand lit en V en train de regarder une revue. Ses hanches étaient recouvertes par un drap rouge, mais ses jambes nues et très blanches venaient presque jusqu'à moi. Et elle n'avait pas du tout l'air surprise par ma visite.

– Je voulais juste te remercier pour l'accueil, j'ai dit. D'habitude, je débarque pas comme ça chez des inconnus… Surtout par ici !

Elle m'a souri d'un air espiègle :

– Tu fais bien, au contraire ! On est un peu les uns sur les autres depuis deux semaines… Un peu d'air frais, ça fait vraiment du bien !

– Ouais ?

– Ouais !

– C'est cool ! j'ai ajouté en posant ma main sur sa cheville.

Ma nouvelle vie me tendait les bras.

2

À onze heures, le bus a quitté le front de mer pour monter vers Agrigento. À mi-hauteur, des dizaines de cars de touristes étaient agglutinés en bord de route. Je me suis demandé ce qu'ils foutaient tous là avant d'apercevoir des ruines de temples grecs, de vraies petites acropoles. La classe. J'ignorais qu'ils disposaient de ce type de spécimens en Sicile... La seule chose que j'avais lue sur Agrigento, c'était que s'y trouvait le plus gros centre de détention pour immigrés. La plupart des échoués de Lampedusa et Pantelleria passaient par là.

Le prochain bus pour Gela, encore à deux cents kilomètres, ne partait pas avant la fin de l'après-midi. Trop tard. J'ai loué une Punto, puis j'ai filé vers l'est en longeant la côte, bercé par la soupe FM. Le soleil brillait. Les champs de blé juste moissonnés tombaient dans une mer turquoise étincelante. Cette explosion d'or et de bleu m'a rendu euphorique. De l'autre côté, est-ce que Pantelleria avait émergé des nuages ? Les thons pointaient-ils leur gueule en surface ? Franck et Noël avaient-ils commandé un nouveau pneu ?

Plus tard, après avoir laissé Ragusa sur la droite, j'ai atteint les faubourgs de Modica, une ville perchée sur une colline en retrait de la côte, puis j'ai suivi les indications pour descendre vers Marina di Modica.

Quelques dizaines de petites villas modernes étaient posées autour d'une jolie baie de sable. Cette station balnéaire était si déserte en ce début de mois de juin que je me suis demandé si ces maisons étaient réellement habitées, si c'était vraiment une station balnéaire... Qu'est-ce qu'il pouvait bien y avoir derrière ? Je me suis faufilé entre des rangées de villas endormies. Pour seule présence humaine, on comptait trois véliplanchistes bondissant dans les vagues. Je les ai longtemps regardés. J'aurais bien aimé être à leur place, mais je n'avais jamais réussi à lever la moindre voile.

La traînée blanche d'un avion de ligne, à environ dix mille mètres de là, m'a ramené à la réalité. J'ai fait trois fois le tour du bled, minuscule, sans voir la moindre indication. Rien non plus sur le plan affiché à l'entrée. Les deux seules personnes que j'ai réussi à dénicher, des ouvriers qui sortaient des briques d'une camionnette, n'avaient jamais entendu parler de cet aéroport. Le seul connu semblait être à Ragusa, derrière la montagne, à une cinquantaine de kilomètres de là... C'était d'autant plus râlant que j'avais dû passer juste à côté.

À un carrefour, je me suis garé sur le bord de la chaussée à l'ombre d'un grand panneau vantant les mérites d'une pizzeria, l'Oasi dei Re, « l'oasis des rois ». J'ai allumé mon ordinateur, espérant trouver un réseau WiFi. Que dalle.

J'ai attrapé mon téléphone. Marko était en pleine traversée. Yannick n'était pas joignable, probablement en réunion je ne sais où. Par contre, Bernard était chez lui à Bordeaux. Mon prédécesseur à Pantelleria, il est tombé des nues en apprenant qu'il avait passé une semaine avec des mecs qui travaillaient à tous les coups pour le compte des thoniers. Je lui ai expliqué ce que je cherchais.

– Tu peux regarder sur Google Earth si tu vois quelque chose ? Une piste ?

– OK, il m'a répondu. En fait, tu sais, ça me dit quelque chose, ce nom, là... Marina di Modica.

– Ah bon ? j'ai fait d'un ton dubitatif.

– Ouais.

Il a rappelé dix minutes plus tard.

– J'ai exploré tout le coin. Il n'y a rien, pas la moindre piste ! Mais j'ai retrouvé... À l'aéroport de Pantelleria, pour essayer de comprendre pourquoi on ne pouvait pas voler, j'ai photographié un devis que m'avait filé le préposé au carburant. Je te l'ai filé l'autre jour à Malte... Je ne suis pas sûr de bien comprendre, mais ta Marina di Modica y est mentionnée.

J'ai allumé mon ordi aussitôt et mis la main sur le doc. Il s'agissait bien d'un devis du grossiste en carburant de Palerme adressé à Sud Air Dauphin. Il portait sur la livraison de mille litres d'AVGAS 100 à Pantelleria du 15 mai au 30 juin. Le paragraphe m'a sauté aux yeux : « Le délai de ce contrat sera effectif lors de la première livraison à l'escale à Marina di Modica ».

– Ils savent que tu as photographié ce truc ?

– Alexandre, tu me prends pour qui ?

J'ai filé à Pozzalo, à quelques kilomètres de là, poser mes affaires dans une pension de famille, puis j'ai traîné dans un café Internet. En vain.

Le soir, comme convenu, je suis allé sur le port récupérer Marko à l'arrivée de l'hydroglisseur de Malte. À sa panoplie habituelle, short et baskets blanches, le grand expert international avait cette fois ajouté un chapeau de Ranger, un appareil photo en bandoulière et un tee-shirt des Marines : « *Irak: support our troops!* » Et il avait l'air très content de lui.

– J'ai cru un moment avoir repéré un petit *reefer* à l'entrée, là-bas ! il m'a glissé en me montrant du doigt un bateau collé à la jetée... Mais c'était une fausse alerte : c'est un méthanier.

– Cool ! Tu as faim ?

– Herrero a toujours faim, Ambaz ! Tu devrais savoir ça.

En marchant vers la voiture, je lui ai expliqué la situation. Il était très optimiste :

– On commence à avoir des billes pour se retourner contre eux s'il le faut. Le document de Bernard les mouille dans cette affaire de Modica, quelle qu'elle soit... Moi, je suis certain qu'il y a quelque chose et qu'on va le trouver !

La seule pizzeria ouverte sur le front de mer était presque pleine. Marko a demandé une Napoletana, moi une Romana. On a trinqué à nos prochaines découvertes.

– Au fait, Yannick t'a dit ? Ici, tu es désormais en mission secrète pour ma boîte, Tuna Future Technologies ! il a déclaré d'un ton solennel. J'en ai parlé aussi avec Javier Aspalorca, votre grand manitou du thon rouge... Comme c'est un peu chaud, ça arrange tout le monde. Et bien sûr, on travaille en commun pour Greenfight et l'iEF ! J'ai prévenu Jordi Minor, le responsable de l'iEF, que j'étais sur un gros coup, il a fait en attrapant son téléphone qui sonnait... Voyant le numéro, il a alors pris un air très concentré.

– Salut Christian ! Comment vas-tu ?

L'autre s'est mis à parler. Marko m'a regardé et a levé les sourcils. J'ai pensé que ça devait être Christian Di Rollo, notre indic numéro un. L'ami des écolos. Et ça avait l'air important. Trente secondes sont passées. Marko ne disait rien et semblait complètement médusé.

– Ah oui ? OK. Merci de ton coup de fil, Christian. *Ciao !*

Il a reposé lentement son téléphone sur la table avant de m'expliquer :

– Quelle bande d'enculés ! C'était Di Rollo. Il m'a appelé du téléphone sat de son bateau. Tu sais ce qu'il m'a dit ? « Marko, je sais de source sûre qu'un très très gros armateur sètois utilise des avions cette année, en Libye mais aussi en Sicile... Des avions américains et italiens. Un très très gros. » C'est tout !

– Seccapone.

– T'as vu comment ils sont ? De vrais *garimperos*. Ils sont autant occupés à chercher de l'or qu'à se tirer dessus. Et les quotas individuels n'ont vraiment rien arrangé ! La moitié d'entre eux resteront sur le carreau ! Christian, lui, il n'a pas de chance : ses bateaux sont toujours bloqués à Al Khums, en Libye. Son associé libyen est en prison. Il n'a pas tous les papiers...

– Ils doivent sentir la fin, non ?

– Ils savent. Oh oui, qu'ils savent ! Ils continuent à clamer partout qu'en Méditerranée on marche sur les thons, et qu'il faudra bientôt les payer pour aller nous débarrasser de ces cohortes qui enflamment leurs sonars ! Mais entre eux ils ne se font pas d'illusions : il y en a encore pour deux ou trois ans maxi. Tous les reproducteurs ont été décimés.

– On va se les faire !

– Peut-être... Mais tu sais, Marko a repris après avoir englouti goulûment un bout de pizza et commandé une nouvelle tournée de bière, parfois je me dis que ça ne sert à rien de s'acharner trop sur les pêcheurs... C'est pas eux les vrais responsables ! Ils sont en bout de chaîne... Ce poisson est devenu en dix ans un objet de spéculation comme un autre. Alors les engraisseurs et les importateurs asiatiques ou américains ont tout intérêt à ce que la ressource ne soit pas correctement gérée : elle deviendra de plus en plus rare et sera de plus en plus chère... Les Mitsubishi, Toyo Reizo, les Maruha, les Tayakama, les Mitsui, tous ces putains de *sogo shoshas*[2] disposent au Japon de dizaines de milliers de tonnes de stock congelé. Ils peuvent les garder douze ans. Sans compter ce qui circule en permanence à bord des *reefers* ou des conteneurs frigorifiques ! Moins il y aura de poisson, plus ils spéculeront ! Plus ils spéculeront, plus ils gagneront d'argent... Ils tiennent tout le monde par les couilles !

– Tu veux dire qu'ils tiennent les pêcheurs par les couilles ?

– Ben oui ! Et un peu les engraisseurs aussi... Tout le monde. Les mecs sont obligés de faire n'importe quoi pour que leurs activités restent rentables : les pêcheurs surpêchent et les engraisseurs aspirent le tout en fermant les yeux. Ils n'ont pas le choix !

– Ils savent très bien ce qu'ils font ! Tu ne me feras pas croire qu'un mec comme Seccapone est un pantin manipulé par le grand capital ! Il est plus que multimillionnaire.

– N'empêche que les pêcheurs sont en bout de chaîne ! Le gros du profit ne va pas dans leurs poches. Depuis 2003, les coûts de production et d'exploitation ont explosé, notamment à cause du gasoil, alors que le yen perdait une grosse partie de sa valeur face à l'euro. Les vainqueurs, ce sont les Jap ! Ce sont eux les commanditaires du hold-up, ce sont eux qui mènent la danse et imposent leurs prix. En arrivant en Méditerranée dans les années 1990, ils savaient... Ils avaient explosé les stocks de thon rouge de l'océan Indien et ils savaient qu'en Méditerranée ils

2. Grandes sociétés de négoce japonaises. *(N.d.E.)*.

pourraient foutre le bordel avec leurs intérêts pestilentiels. Ils savaient ! Puis ils avaient bien compris qu'avec tous les pays impliqués, ça allait être impossible à contrôler, que la ressource ne serait jamais gérée... Alors il faudra un jour qu'ils répondent de leurs actes ! Devant un tribunal pénal international ! Eh oui, pourquoi pas ? il a ajouté devant mon air ahuri.

– J'imagine déjà l'honorable président de la Mitsubishi Corporation dans la cour de la prison taxer une clope à Slobodan Milosevic...

– Pourquoi pas ? Je te dis que ce sont des criminels, des criminels internationaux ! Eux, comme tous ces bâtards de politiciens européens de l'UE ! Ceux qui ont subventionné à mort ce secteur jusqu'en 2006, alors que les scientifiques avaient largement commencé à tirer la sonnette d'alarme. Voilà : ce sont eux les vrais pirates, les *sogo shoshas* et les enculés de Bruxelles, pas les pêcheurs !

La voix de Marko portait dans toute la salle. Les gens commençaient à se tourner vers nous. Pour donner le change, j'ai interpellé le serveur et commandé des desserts.

– Au fond, c'est l'une des dernières saisons, peut-être la dernière, Marko a repris après s'être calmé. Je le crois de plus en plus... Déjà, en 2007, selon mes calculs, on a atteint un niveau maximum en termes d'investissement, de captures, d'engraissement, de transport et de distribution... Huit cents millions de dollars ! Trop de fermes, trop de bateaux qui pêchent, qui congèlent et qui transportent ! Et on continue d'en construire de nouveaux ! Surcapacité de pêche, d'engraissement, de transport, surcapitalisation...

– Ça n'a rien de nouveau, si ?

– Non, mais cette fois, je te l'annonce : le pic a été atteint ! Pic d'investissement, pic de captures, pic d'engraissement, pic de transport : on va droit dans le mur ! C'est le même phénomène que le Peak Oil pour les hydrocarbures. C'est ce que j'appelle le Peak Tuna ! Je suis en train d'écrire un article là-dessus. On attrape depuis les années 1990 à peu près la même quantité de thon, de 50 à 60 000 tonnes, mais avec des moyens technologiques qui ont décuplé. C'est de plus en plus difficile d'aller les chercher. En pratique, il y a donc de moins en moins de thons ! Et la demande, elle, ne cesse d'augmenter. Alors, la production va décroître doucement, ou bien s'écrouler... On laissera parler les scientifiques, mais je ne serais pas étonné que 2007 ait été l'année officielle de l'effondrement du stock. L'histoire retiendra ceux qui l'ont annoncé en premier.

3

Le lendemain, dès l'aube, on a filés vers Ragusa. L'aéroport semblait avoir pris de l'avance. Il n'était indiqué nulle part, ni sur les cartes ni à l'entrée de la ville... Dans un café, je me suis renseigné en anglais avec un accent américain, l'un des clients m'a juré que l'aéroport était à cinq ou six kilomètres de là, tout droit, après la colline. Or, derrière la colline, il n'y avait rien. Juste une station essence. Et le pompiste n'avait jamais entendu parler d'un quelconque aéroport. Mis au courant de notre recherche, un type m'a lancé :

– Gela, Gela ! *It's where you have to go ! Una picola mezz'ora...*

Une toute petite demi-heure... Cet aéroport, qu'on a fini par dénicher une bonne heure et demie d'épingles et de cafés plus tard, était en fait bien à Ragusa. Et c'était un aéroport militaire. À l'abandon. À l'entrée, un panneau indiquait des travaux de rénovation financés par la Commission européenne. Il était interdit d'y pénétrer. Je me suis tout de même engagé sur une route récemment asphaltée, entourée de rangées de petites maisons. Des baraquements. La plupart semblaient vides. Un rideau s'est ouvert. Plus loin, quelques ouvriers travaillaient à l'édification d'une tour de contrôle. Très lentement. Et il n'y avait pas la trace du moindre avion...

– Il y a un truc qui cloche, j'ai dit prudemment.

– Sans blague ! Marko a éructé. Ces ouvriers sont juste là pour donner à ce chantier une apparence de chantier et sucer une énième subvention européenne ou blanchir je ne sais quelle opération illégale. Il n'y a rien ici. Aucun avion ne peut décoller. On se fait balader comme des marionnettes !

– Dommage qu'on n'ait pas de connexion.

– Ambaz, on ne peut pas tout faire par Google Earth ! Rien ne remplace le terrain, mets-toi ça dans le crâne !

– Et si cet aéroport n'en était pas un ?

– Ah ouais. Qu'est-ce que ça pourrait être d'autre ?

– J'en sais rien. C'est toi, le spécialiste, non ?

On s'était déjà envoyés un paquet de clopes chacun. J'ai relancé la voiture vers Modica en faisant crisser les pneus. Un peu plus tard, là-haut, une serveuse nous expliquait qu'il y avait pourtant bel et bien un aéroport civil à Ragusa. Je commençais à en avoir ma claque.

Sur une table s'étalaient des tas de petits *flyers*, les portraits des candidats à une élection cantonale. Le candidat d'Autonomia Sud, Nino Gerrotina, un type d'une trentaine d'années, petite moustache, cheveux tirés vers l'arrière, grosse cravate rouge, veste noire, avait un sourire diabolique. Je ne lui aurais pas prêté un timbre de peur qu'il le martyrise. Franchement, qui pouvait encore croire à ce simulacre de démocratie ?

Marko était en grande discussion avec un vieux type. En italien. Fini la comédie américaine ! Le type a attrapé son téléphone. Je me suis approché.

– Son fils a un beau-frère qui fait de l'ULM, Marko m'a expliqué. Il a entendu parler de notre aéroport... Ça serait un petit aéroclub privé. Il est en train de l'appeler.

Le type est revenu vers nous.

– J'ai parlé à mon fils. Le club est bien à Marina di Modica, à côté d'un endroit qui s'appelle l'Oasi dei Rei.

– Hein ? Mais j'y suis passé hier ! je me suis exclamé. Il n'y avait rien d'indiqué.

– *Vamos !*

Une demi-heure plus tard, une petite route nous emmenait jusqu'à une énorme bâtisse à quatre tours qui trônait au milieu de dizaines de palmiers. L'oasis. Un vrai château fort andalou. Son entrée était fermée. Tout autour, sur plusieurs centaines de mètres, se dressaient des murs crénelés en ciment. Ils semblaient avoir été juste édifiés. Et il n'y avait pas la moindre trace d'aéroport...

– Qu'est-ce que c'est que ce cirque ? j'ai demandé.

– Une putain de forteresse de la mafia.

J'ai engagé la voiture derrière la bâtisse en suivant l'un des murs crénelés. À mi-chemin, un portail était ouvert. Cinq cents mètres plus loin, on retombait au milieu des champs. Demi-tour. Au niveau du portail, très lentement, je me suis engagé dans l'enceinte fortifiée.

Au cœur de l'oasis, des types étaient en train de jardiner. L'un d'eux s'est tourné vers nous, j'ai détourné la tête et pris à gauche. Deux cents mètres plus loin, au détour d'une haie d'arbustes, des hangars de tôle ondulée sont apparus, puis un camion-citerne Shell. Enfin, le Graal : un *push-pull* rouge. Il avait l'air de nous attendre. Immatriculation américaine N 333 ZB. Son pare-brise était recouvert d'un cache-soleil argenté.

– Cette fois, c'est la totale ! Marko a fait à voix basse, les yeux exorbités. Celui-là, je le connais : c'est encore un récidiviste. Tu restes au volant ? Je vais faire des photos.

Le lieu était désert, les hangars fermés. Seules deux voitures étaient garées. L'équipage d'un autre avion en vol ? Sous un arbre, une petite cabane en bois surmontée d'une manche à air rouge et blanc portait l'inscription suivante : *Mosquito, Scuola di volo VDS*. L'école d'ULM. À sa gauche, un grand portail gris métallique de quinze mètres de long. Fermé. C'était par là que devaient sortir les avions… La piste devait être de l'autre côté. J'ai moi aussi canardé la scène avec le petit Sony, tout en jetant des coups d'œil incessants vers l'entrée. On était au fond de la nasse. Si quelqu'un arrivait, il faudrait partir vite ou trouver une bonne raison.

Marko est remonté deux minutes plus tard. Il était surexcité.

– J'ai vu deux avions à l'intérieur des hangars. Il y a un P-68. On est en plein dedans, mon pote !

Accélérant doucement, je me suis dirigé vers la sortie. Passé la haie, les jardiniers se sont de nouveau tournés vers nous. Je leur ai fait un signe de la main, puis on s'est extraits de l'enceinte.

La piste était une bande de terre battue de cinq cents mètres de long et de quinze mètres de large. Elle suivait sur toute sa longueur l'un des murs crénelés. Une simple bande de terre battue. Impossible à voir pour un œil non averti.

– Retournons à Pozzalo ! Marko a proposé. On passe quelques coups de fils à nos gus, on envoie quelques mails, on achète de la bouffe et on revient passer la journée ici !

– Trois jours s'il le faut.

– Un putain d'aéroport clandestin, il a lâché en secouant la tête, comme s'il ne pouvait pas y croire. Ça pourrait être la base secrète de tous les *spotters* de Méditerranée centrale…

Il a attrapé son téléphone.

– Jordi ? BINGO ! November, 3, 7, 7, Zulu, Bravo… Hay un « private landing strip ».

Puis il a expliqué le tout. En espagnol. Je n'ai pas compris grand-chose, sauf que l'autre exultait. Le mot mafia est revenu cinq fois, puis celui de Greenfight... La conversation s'est alors un peu tendue. Marko a raccroché.

– C'était Jordi Minor, de l'iEF. Tu sais ce qu'il m'a dit ? « Surtout n'en parle à personne de Greenfight ! » Du coup je lui ai dit que c'était un peu tard puisqu'un mec de Greenfight était avec moi. En fait, je ne l'avais pas prévenu... Bah, ils s'arrangeront entre eux !

Même si les buts étaient souvent les mêmes, les conflits entre Greenfight et l'iEF étaient innombrables. Chacun se battait pour ramener la couverture à lui. Et puis, contrairement à Greenfight, l'iEF acceptait les dons des entreprises et les subventions publiques...

– On n'est pas censés faire un travail commun sous ta bannière Tuna Future Technologies, j'ai soupiré... Hein ? On n'était pas d'accord là-dessus ? J'ai rêvé ou quoi ?

– Ambaz, j'ai pas envie de me mêler de vos histoires.

– Quels branleurs ! L'iEF n'aime rien tant qu'aller picorer dans la main des grands en quémandant son chèque.

– Peut-être... En attendant, tu les excuses. Nous, on a une bande de mafieux à toper.

À Pozzalo, j'ai déchargé quelques photos et envoyé les deux plus éloquentes, une de l'avion et une de la piste, à Yannick et Javier Asparlorca en leur précisant bien de ne parler à personne de ça tant qu'on n'aurait pas quitté les lieux. On a acheté de la bouffe, puis on est remontés en voiture.

Mon téléphone clignotait. Un message sur le répondeur : « Alex, c'est Laurent. Tu es en vacances, il paraît... Il y a un souci. Les deux collègues japonais viennent de se faire arrêter, soupçonnés de vol de viande de baleine. On doit lancer la mobilisation. Il faut que tu rentres ! »

C'était mon chef. Laurent Tomel. Le directeur des programmes de Greenfight France. J'ai expliqué l'affaire à Marko : deux mois plus tôt, le bureau japonais avait eu des infos sur un trafic de viande de baleine initié par les marins japonais au retour de la flotte de chasse. Greenfight avait monté une opération pour mettre la main sur un sac d'une vingtaine de kilos afin d'exposer le scandale. Le procès pour vol qui ne manquerait pas de suivre devait permettre de mettre en accusation le système d'État qui sous-tendait la chasse.

Mieux vaut désamorcer le problème au plus vite, je me suis dit en le rappelant. Puis j'ai expliqué d'une voix douce que j'étais en vacances avec ma fille. En Bretagne.

Laurent m'a interrompu :

– Débrouille-toi pour rentrer ! C'est important. Lerd fait tout un battage.

Lerd Malno était le grand directeur exécutif international de toute l'organisation. Il était inédit qu'il se fende d'intervenir dans nos basses tâches.

– Tous les bureaux ont pour consigne de lancer un grand mouvement de mobilisation à travers le monde. Tu le savais, non ? Comment se fait-il que tu sois parti ?

– Ça peut bien attendre quelques jours...

– Pour une fois qu'il se passe quelque chose, tu n'es pas là !

– Je devais partir. Est-ce que... Est-ce que Yannick ne peut pas s'en occuper ?

– Yannick bosse sur le thon et la pêche, et toi sur les baleines ! C'est clair, non ? Tu n'as pas beaucoup de responsabilités, mais tu as celles-là !

Je me suis demandé s'il savait où j'étais et ce que je faisais, compte tenu de son ton excédé.

– Je ne peux pas.

– Je n'ai pas donné mon accord pour tes vacances.

– Tu n'étais pas là !
– On en reparlera. À lundi !
– Espèce de connard, j'ai fait en raccrochant.

4

Deux cents mètres avant la forteresse, une route partait à droite, parallèlement à la piste de terre. Entre les deux, un immense champ de patates. Un petit tracteur s'y baladait doucement. Plus loin, trois personnes ramassaient les tubercules, penchées, un cageot de bois posé à leurs côtés.

Quelques voitures étaient garées sous un bosquet d'arbres en bordure de la route. J'ai garé la Fiat un peu plus loin, puis, imitant Marko, sorti le reflex, mon petit Sony, la paire de jumelles, et j'ai attaqué mon sandwich. C'est alors qu'un minibus a débouché sur la piste d'atterrissage.

– Marko, mate ça !

Le van s'est immobilisé. Trois types en sont sortis : un grand blond, en short et tee-shirt, un petit baraqué, cheveux noirs et lunettes de soleil, et un dernier chauve et râblé, plus âgé. Ils ont poussé les battants du portail et disparu derrière les murs, à l'intérieur de l'enceinte. L'un d'eux s'est ensuite dirigé directement vers le camion-citerne.

– On est arrivés pile, on dirait...

– Tu l'as dit. C'est une putain d'opération ! a fait Marko

en ouvrant la portière. À tous les coups, ils vont faire le plein au *push-pull*... Je vais me mettre plus près dans l'axe du portail.

– Je me poste à l'extrémité de la piste. On se retrouve ici ?

– OK.

Il est parti en courant dans le champ, écrasant de son quintal et demi la terre, son reflex en bandoulière se balançant comme un pendule. Impossible de faire moins discret. Puis il a disparu derrière des buissons en plein milieu du champ, à une cinquantaine de mètres du portail.

À mon tour, j'ai lâché la Panda pour un vieil olivier et trois petits arbustes trente mètres plus loin. La planque idéale... Je me suis accroupi. Une odeur de merde m'est alors instantanément montée au nez. J'étais à l'endroit où les ouvriers du champ venaient se soulager. Treize couches d'excréments me collaient déjà aux Converse. Peu importe. J'avais l'impression de reprendre le flambeau de mon grand-oncle René, membre des Brigades internationales, tué à Madrid en 1937.

Dix minutes sont passées. Marko était en train de photographier vers l'intérieur de l'enceinte. Moi, je scrutais les alentours et le ciel comme un devin.

Brusquement, à cinquante mètres, entre les arbres, j'ai aperçu un avion sur le point d'atterrir. Je n'avais rien vu venir. Rien entendu. Le temps d'allumer mon appareil, il était en train de poser ses roues arrière. Je me suis décalé et j'ai shooté. En mode automatique. Une erreur de débutant : l'appareil a foiré sa mise au point et déclenché son flash au moment où l'avion glissait devant moi... Je l'ai refermé aussitôt d'un coup sec en gueulant. L'avion a roulé jusqu'au niveau de la grille, puis est rentré aussitôt dans l'enceinte de l'oasis.

Un monomoteur. Non immatriculé. Il n'y a guère qu'en Sicile qu'on peut voir ça, je me suis dit. Ou dans un album de Tintin.

Cinq ou six minutes sont passées, puis j'ai aperçu Marko se diriger vers la voiture en courant. Une minute plus tard, j'ai reçu un SMS : « Problème. RDV voiture !!! »

Au moment de quitter ma planque, j'ai entendu un léger bourdonnement qui se rapprochait. Un autre avion se présentait au-dessus des arbres. C'était un *push-pull*. Blanc. Magnifique. Il s'est posé dans un vacarme invraisemblable. Immatriculation italienne I-HOOP. Puis, après trois cents mètres, il a fait demi-tour, s'est dirigé à son tour vers le portail avant de s'immobiliser juste devant.

Un gros type râblé d'une quarantaine d'années en est descendu et s'est étiré. Deux personnes sont venues l'accueillir avec déférence. Mon reflex sonnait comme une mitraillette...

Ils sont alors entrés dans l'enceinte et je les ai perdus de vue.

Une minute plus tard, j'ai retrouvé Marko. Il était allongé sur son siège et semblait livide.

– Tu sais qui est ce mec ? il a lâché.

– Non.

– C'est Bruno Seccapone. Le fils ! Tu l'as en photo ?

– Oui ! j'ai fait en secouant la tête, incrédule... Bon, il faut qu'on reste là. À ce rythme, c'est le père qui va débarquer. Ainsi que Marto, Borg et Cie ! Tous les parrains du milieu !

– Pour la réunion des *Capo di tutti*. Eh ouais, mon pote ! Ce qui m'emmerde, c'est que le type sur son tracteur m'a vu en faisant demi-tour : c'est pour ça que je suis rentré. Je lui ai fait signe d'aller plus loin, mais il m'a vu...

– Bah, c'est pas grave, j'ai fait en pensant à mon flash.

– Si. Ça craint. En plus, Bruno Seccapone me connaît… Ça craint complètement.

Deux voitures sont alors passées derrière nous sur la route au ralenti puis se sont dirigées vers l'oasis. L'une d'elles, une vieille 205, s'est arrêtée au début de la piste, l'autre, un petit 4x4, est allé jusqu'au portail. Un type en est descendu et a pénétré dans l'enceinte.

Je me suis tourné vers Marko.

– T'as vu ça ?

– On ferait mieux de bouger…

J'ai allumé le moteur, et on s'est dégagés doucement du bord de route. Cinquante mètres plus loin, je me suis de nouveau arrêté. Marko a attrapé ses jumelles. Cinq types sont apparus au niveau du portail.

– Ils nous regardent…

– T'es sûr ?

– Putain ! Ils montent dans leur voiture. On se casse !

J'ai enclenché la première en jetant un coup d'œil dans le rétro. La 205 qui était restée à l'entrée de la piste a aussitôt démarré en trombe, levant un nuage de poussière rouge à l'entrée de la piste. J'ai écrasé l'accélérateur. J'avais moins de cent mètres d'avance.

La petite route passait entre deux maisons avant de rejoindre la voie rapide. Il y avait des travaux. En pleine chaussée, un camion reculait vers une pelleteuse, immobile, menaçant de me fermer la voie. L'espace d'une seconde, je me suis vu bloqué par ces deux monstres. Pris au piège. Je n'avais pas l'intention de finir en tronc dans l'eau de mer… Ni même de me faire juste confisquer mon appareil. D'un coup de volant, j'ai pu me glisser entre les deux en klaxonnant comme un malade avant que l'étau ne se referme. La calandre du camion est passée à trente centimètres de ma vitre. Le conducteur a balancé un énorme coup de sirène. J'ai vu dans le rétro son poing sortir par la fenêtre et entendu d'autres klaxons, ceux de nos poursuivants. Au carrefour, en soufflant comme un bœuf, j'ai pris la grande route vers Syracuse. La petite Punto n'avait jamais dû faire une telle pointe de régime.

Trois cents mètres plus loin, une voiture des *carabinieri* est arrivé d'en face. J'ai ralenti. Marko s'est retourné pour l'observer.

– Elle a tourné vers l'oasis ! Quelqu'un a dû les appeler. Ça doit être l'un de ces foutus ramasseurs de patates... Dans ce coin, je ne sais pas par qui il vaut mieux se faire prendre... les flics ou les gangsters.

Un gros 4x4 se rapprochait de nous. J'ai accéléré et pris la première sortie. Il a continué. Deux minutes plus tard, je me suis réengagé sur l'autoroute... Le regard autant bloqué sur le rétro que sur la route, en partie rassuré, j'ai allumé une clope et posé mon coude sur le bord de la fenêtre.

– Il faut qu'on change de voiture.

– On fera ça à Syracuse, Marko m'a répondu en bidouillant son appareil photo.

Une demi-douzaine de 4x4 ont réussi à me donner des sueurs froides. J'ai appelé Yannick à Paris pour lui raconter l'affaire dans les grandes lignes sans lui donner aucun nom de lieu, par précaution. Il m'a conseillé de quitter l'île dare-dare.

Une bonne heure plus tard, on s'est garés dans le centre de Syracuse. Le bureau du loueur de voitures Avis était fermé jusqu'à 16 heures.

– On ne peut pas attendre ! Marko s'est lamenté. Ces ritals sont vraiment des branleurs.

– On se casse ! j'ai fait. On verra à Catania !

Je me suis remis au volant. Devant nous, deux types sont descendus d'un scooter. Tous deux casqués.

– Regarde-moi ceux-là ! Marko a lâché. Qu'est-ce tu veux faire avec ça ? Ce pays est irrécupérable.

Bizarrement, je me suis souvenu de ce qu'un pote romain m'avait dit sur Naples : « Tu sais pourquoi là-bas personne ne met de casque ? Pour pas se faire arrêter ! Parce que si t'en mets un, c'est que tu vas tuer ! » L'un des types s'est approché de la vitre. Sans réfléchir et sans le regarder, j'ai passé la marche arrière, mais une voiture était en train de reculer pour se garer. J'ai gueulé. Un quart de seconde plus tard, la porte arrière s'est ouverte, le type s'est assis derrière moi et a enlevé son casque.

– Qu'est-ce que tu fous ? Sors de là ! a gueulé Marko.

D'un geste sec, le mec m'a collé un objet sur la gorge. J'ai senti une légère piqûre et vu un bout de plastique jaune. C'était un cutter. Mes yeux se sont bloqués vers l'avant. Dehors, l'autre avait les deux mains dans les poches. Il nous fixait à travers le pare-brise. Il devait avoir à peine seize ans. J'étais interdit. Ou était passé ce branleur de Maniguet ?

Le mec derrière moi a fini par lâcher :

– *Allora,* vous avez de super appareils photo, là... Chacun le vôtre. Moi et mon pote, on aimerait bien avoir les mêmes...

– Qui vous a demandé de faire ça ? j'ai réussi à articuler.

Le mec m'a fait répéter trois fois. La lame du cutter s'est pressée un peu plus fort sur mon cou. Il ne comprenait pas ma question. Ou ne voulait pas la comprendre.

– Au fait, il a ajouté, vous n'auriez pas quelques euros ?

J'ai vidé mes poches et tendu tout ce que j'avais. Trois billets de dix. Marko a tendu une petite liasse. Il était blanc.

– OK. Maintenant vous restez là tranquillement et vous vous occupez de vos affaires... *Arrivederci !*

Le mec m'a lâché le cou, la porte a claqué et il a filé. Je me suis précipité dehors pour me jeter sur le guetteur qui, lui, attendait toujours. Il a échappé à mon poing et sauté à l'arrière du scooter que son pote avait démarré. Je me suis écrasé contre le mur.

– Enculés de Siciliens de mes couilles ! Marko maugréait dans la voiture quand je suis revenu en me tenant la tête.

– Toi, on te taxe ton appareil et tu ne fais rien ? Putain !

Ne plus avoir la moindre trace des apparitions de la Marina m'anéantissait.

– Qu'est-ce tu veux ? Marko a fait. Tu avais un cutter sous la gorge ! J'allais pas courir le risque que tu te fasses trancher pour ça ! On se casse et puis c'est tout !

J'étais exaspéré.

– On y retourne !

– Négatif. On file vers le nord. Il faut qu'on change de caisse.

– T'es malade ou quoi ? Presque tout ce qu'on a fait est perdu.

Il a souri.

– Ambaz ? Regarde ça !

Du bout des doigts, il m'a tendu deux petits bouts de plastique. Les cartes mémoires.

– Je les ai enlevées de nos appareils tout à l'heure. Herrero pense à tout...

– Connard ! j'ai fait en attrapant une clope, soulagé.

– *Allora,* c'était qui ces types ?

– Qu'est-ce que j'en sais ?

À Catania, comme à Taormina, un bled touristique perché face à une fosse marine, les préposés de l'agence

Avis n'ont rien voulu savoir. J'ai eu beau faire tout un cirque et mettre cent euros sur la table, aucune voiture n'était disponible. Il fallait se résoudre à passer dans l'étrangloir du ferry de retour vers le continent avec la même voiture.

Vers 20 heures, on est arrivés à l'embarcadère. Les deux ports industriels se faisaient face : Messina d'un côté, Reggio di Calabria de l'autre. La pointe de la botte. Je conduisais très doucement, concentré autant sur la route que sur les voitures et leurs passagers. Tout le monde me semblait suspect. S'ils nous cherchaient vraiment, nos amis de la Marina devaient se douter qu'on traverserait par là... Et n'importe quel clampin pouvait nous attendre de l'autre côté.

J'ai glissé la voiture sous un enchevêtrement de ponts, de voies ferrées et de routes, puis dans la cale d'un petit bateau. Les gens gueulaient de partout. L'un des employés de la compagnie me disait de m'engager dans une voie, un autre me faisait reculer, un troisième rentrer dans la même, etc.

– Et ça veut nous faire croire que c'est l'Europe, Marko se lamentait. Quelle pourriture ! Regarde-moi ces types, des demeurés. C'est vraiment une putain de vergogne de pays ! Rien ne marche.

Une litanie d'insultes anti-macaronis a suivi. Venant d'un type italien pour un quart, c'était plutôt marrant. Comme beaucoup, la manière qu'il avait de gérer le stress dû à l'incertitude de la situation était de s'isoler derrière un halo d'injures.

Un peu plus tard, monté sur le pont, j'ai appelé Yannick.

– Ça y est. On est dans le ferry vers les îles Féroé !

Je m'étais interdit de ne pas dire au téléphone où nous étions. Rien n'échappe aux grandes oreilles. Le tout m'était complètement monté à la tête... Il a compris assez vite.

– Bonne nouvelle... Vous avez quitté l'Islande ?

– C'est ça. C'est agréable. Je respire... Jusqu'ici tout va bien, j'ai ajouté en rigolant.

– Cela dit, les Féroé, c'est bien pire que l'Islande !

– Hein ?

– Eh oui. J'ai vu un film sur Arte l'autre jour. Leur mafia, là, c'est vraiment la pire de toutes. Impressionnant... Dans le détroit, là... Il paraît que les corps ne remontent pas. Jamais. Et puis, ils ont des accords avec leurs voisins...

J'ai jeté un œil vers les parois escarpées de Reggio di Calabria.

– On va se débrouiller. Je te tiens au courant.

Quand on s'est dégagés du port, je me suis détendu. Fenêtres ouvertes, musique à fond. On avait vaincu la Sicile. Et on était encore là... Délestés de nos appareils photo, mais en vie et prêts à conquérir le monde. Dans un moment d'euphorie, j'ai songé qu'un jour la journaliste radio Rebecca Manzoni me caresserait moi aussi de ses questions. Mon parcours la fascinerait : « Cette année-là, dans le champ de patates, vous vous dites quoi ? Le thon est sauvé ? »

Marko m'a fait part de son nouveau projet.

– On a bien bossé ! On trouve un hôtel avec une connexion pour faire quelques recherches sur la Marina et on envoie cette nuit tout ce qu'on sait avec les photos. Ensuite, il faut prendre le large. On s'y remettra la semaine d'après. J'ai pas envie de finir sous une couche de béton. Qu'est-ce que tu dirais d'aller survoler les fermes croates ? J'ai un budget de l'iEF pour le faire... Tu apprendras à estimer la quantité de poissons de là-haut.

– Pourquoi pas ? Mais il faut que je sois à Paris lundi.

– Les baleines ?

– Ouais.

– Foutaises ! Je vais appeler mon pilote.

Une demi-heure plus tard, l'atmosphère s'était nettement dégradée. Un, comme toujours, l'agence de location Avis était fermée. Deux, c'était un bordel monstre dans la rue et je ne supportais plus de conduire. Trois, pas le moindre hôtel ne disposait d'Internet... Mon coéquipier maugréait en permanence en levant les mains au ciel. Les ritals. Le sud. La décadence... J'avais l'impression d'entendre Franck Badot.

Finalement, dans une descente, j'ai aperçu un panneau en hauteur : « *Hotel Europa. 32 rooms. Internet. TV* ». Le panneau indiquait un parking à droite. J'ai mis mon clignotant. Trois voitures klaxonnaient derrière moi. Une autre s'est extraite d'un portail à droite. J'ai ouvert ma fenêtre.

– Le parking est par là ?

La conductrice a acquiescé. Je l'ai laissée s'avancer et je suis entré. Une petite maison se trouvait au bout d'un chemin. On est sortis de la caisse pendant que la femme refermait le portail. J'ai marché jusqu'à la maison. Ça ne ressemblait pas vraiment à un hôtel. J'ai regardé tout autour : les murs brillants de l'hôtel Europa étaient à trente mètres de là.

– Je crois que je me suis lourdé, j'ai fait... J'ai tourné trop tôt.

Marko s'est précipité vers le portail puis s'est mis à le secouer comme un chimpanzé dépressif.

– C'est fermé à clé !

Dehors, dans un fossé de canalisation, un ouvrier africain nous regardait d'un air réprobateur.

– Eh, mon ami ! Marko l'a interpellé d'un ton paniqué. On est où ? Tu peux pas nous sortir de là ?

– C'est une pension de touristes, il a répondu en français. Il faut attendre que les habitants reviennent.

– Ils veulent notre mort ! Marko a hurlé en se laissant tomber par terre.

Quelques minutes plus tard, comme des voleurs, on a escaladé le mur pour rejoindre l'hôtel Europa et sa connexion.

5

À deux heures, dans la nuit du 5 au 6 juin, Marko a envoyé la note suivante, rédigée en espagnol, à Jordi Minor de l'iEF et à Javier Aspalorca de Greenfight. Yannick était en copie.

Muy Srs. nuestros,

Comme déjà annoncé au téléphone, nous sommes heureux de vous apprendre que nos recherches en relation à la flotte opérant illégalement comme avions de détection aérienne de thon rouge en Méditerranée centrale ont donné des résultats extrêmement inquiétants.

Il apparaît d'ores et déjà à ce stade que de nombreux vols d'assistance aux opérations de pêche sont en cours (les avions I-FONO, I-GIMT, N 333ZB, I-HOOP ont déjà été identifiés et photographiés, depuis Pantelleria, Lampedusa et au moins une piste en Sicile). Le type d'appareil employé, les zones, la période et le type de vols ne laissent aucun doute sur la réelle fonction de ces avions.

À la différence des années précédentes, il apparaît à ce stade que :

– Des sociétés écrans intermédiaires ou des loueurs ont été sollicités afin que les avions eux-mêmes n'apparaissent jamais directement liés aux groupes de pêche ;

– Certains des opérateurs de ces aéronefs usent de couverture ;

– Des pistes discrètes sans formalités sont privilégiées.

Par ailleurs, ce travail nous a aujourd'hui permis d'identifier une piste clandestine dans la localité sicilienne côtière de Marina di Modica. L'existence de ladite piste d'atterrissage nous a été communiquée par différentes sources d'information. Ces sources ont été vérifiées, validées et infiltrées dans certains cas par nos services.

Il a par conséquent été décidé d'établir une surveillance poussée de la piste. (...)

Une comparaison des photos récupérées sur le site web de l'aéroclub et datées avec celles prises par nos équipes nous indique que deux de ces hangars sont de construction très récente. La piste a été agrandie jusqu'à 720 mètres en 2006 et une enceinte de protection de plusieurs centaines de mètres autour des hangars a été édifiée en 2007, première année d'interdiction de l'assistance aérienne. Le club d'ULM préexistant est bien la façade de ce complexe aéroportuaire.

Une opération de cette taille, en Sicile, ne peut se réaliser sans l'appui tacite ou explicite de la mafia locale.

Cette piste et ces infrastructures sont donc utilisées par nombre d'avions d'observation de thon opérant en Méditerranée centrale, comme base d'opération ou station-relais vers d'autres destinations comme la Libye et la Tunisie, mais aussi comme base de déploiement et de ravitaillement. Toutes ces opérations se passent dans le plus grand secret, sans que les autorités de tutelle de l'Aviation civile italienne en soient informées.

Le jour de notre inspection, un patron thonier français, Bruno Seccapone (Armement Seccapone frères) y a été aperçu. Sa présence semble bien indiquer l'utilisation de cette piste par les avions travaillant pour l'armement Seccapone, en partenariat avec certains armements siciliens de Palerme.

Pour les arrêter au plus vite, alors que la saison bat son plein, il semble opportun de communiquer sur ces survols afin d'attirer l'attention des autorités responsables et de les contraindre à prendre des mesures.

Nous restons à votre entière disposition pour éclaircir les points les plus opportuns.

MH + AA pour Tuna Future Technologies

Troisième partie

El Rebollar

1

D'une démarche chaloupée due à une vieille maladie osseuse, Céline est entrée dans un salon de thé du cours Julien. Petite, le visage couvert de sublimes taches de rousseur et vêtue de noir, comme toujours. Correspondante au bureau de l'Agence France Presse de Marseille, elle était la journaliste qui captait le mieux les péripéties du thon rouge en France. Un condensé unique de curiosité et d'amabilité. Elle vivait depuis quelques années avec l'un de mes amis de lycée, Sam. Je me suis levé, elle m'a aperçu puis rejoint dans la pénombre où nous nous étions terrés quelques minutes plus tôt à la demande expresse de Marko.

Pour l'occasion, Yannick était venu d'Aix, où il avait passé le week-end. On était lundi, il était 9 h 30, et le grand déballage pouvait commencer.

J'ai allumé mon ordinateur.

– En fait, tout a commencé début mai, j'ai déclaré. Le patron d'une boîte de travail aérien du Sud-Ouest nous a contactés.

Le visage de Céline s'est éclairé.

– Alors c'est vrai, tu ne travailles plus du tout sur les baleines ?

Une heure plus tard, elle savait tout ou presque. Et elle avait l'air très contente.

– La persistance des survols est un très bon sujet ! Super info... Mais, avec tout ce que vous avez accumulé, pourquoi vous n'avez pas encore communiqué ? Ni l'iEF, ni Greenfight ? Je me trompe ? Enfin, je n'ai rien vu passer !

– La bureaucratie fait des ravages, Marko a lâché d'une voix lugubre.

– C'est justement pour ça que je t'ai appelée... On est arrivés ce matin d'Italie... Et ils n'ont toujours rien fait ! Rien. Il y a une grosse histoire de baleines en ce moment, j'ai ajouté. En fait, pour être honnête, on ne sait pas trop ce qu'ils foutent... Apparemment, Aspalorca, le responsable « thon rouge » de Greenfight, et Minor, un autre espagnol, son équivalent à l'iEF Méditerranée, ne sont pas d'accord entre eux sur la manière de sortir l'affaire !

– En fait, Yannick a expliqué, Aspalorca veut en parler, mais Minor, lui, veut garder l'info et la balancer aux autorités italiennes après la fermeture de la pêche... quand celles-ci ne vont pas manquer de tout contester et arguer de leurs pratiques exemplaires...

– C'est débile ! j'ai dit. Si cette info sort maintenant, ça empêchera les vols et poussera la Commission à fermer la saison de pêche encore plus tôt !

– Qu'est-ce tu veux ? Marko a fait. Minor et Aspalorca se prennent pour les généraux. Nous, on est les braves fantassins... Même moi, Marko Herrero !

– De l'extérieur, effectivement, tout ça semble un peu absurde, Céline a ajouté d'une voix posée.

– Parfaitement, mademoiselle ! Absurde. C'est le mot ! Marko était ravi de la voir prendre parti. Et si ça se trouve, ils sont dans une putain de brasserie de Bruxelles en train de se tourner les pouces devant leurs frites ramollies... Ils finiront députés européens !

– En attendant, j'ai ajouté, les avions continuent à voler, les thons à être *spottés*, les senneurs à les cueillir à la louche. C'est lamentable ! Comment justifier ces manœuvres politiciennes ?

– À cette époque, Yannick a ajouté, en trois jours, ils peuvent exploser leurs quotas de 10 ou 20 % ! Plusieurs dizaines de milliers de poissons sont en jeu.

– Si je comprends bien, Céline a repris, c'est vous qui avez pris l'initiative de rendre ça public.

– C'est ça, j'ai dit. Un cas de conscience !

– Le principal armateur français trempe à tous les coups là-dedans ! a précisé Yannick. Ce n'est pas rien ! J'ai envoyé hier les infos à Vigo, à l'Agence européenne de contrôle, histoire qu'ils puissent intervenir, notamment à Marina di Modica, avant que ça ne soit public.

– Il est clair que ces Siciliens sont capables de filer chez leurs cousins libyens en moins de deux heures, Marko a ironisé.

Céline a commencé à ranger ses notes.

– OK. Je vais essayer de gratter un peu.

Yannick avait l'air préoccupé.

– Par contre, je préférerais que vous ne mentionniez pas Sud Air Dauphin. Taral nous tient : si on lâche le truc maintenant, il va dire qu'il a volé pour nous... On démentira, mais ça va faire tache ! Le *Midi Libre* aura de quoi s'amuser.

– Pas sûr, j'ai soupiré. L'histoire est bien trop invraisemblable. Personne ne le croira ! Et puis, s'il parle, on a de quoi le faire taire.

– Alex, c'est une histoire trop absurde : si ça sort, on va perdre toute crédibilité !

Je n'ai pas insisté. Au fond, c'était lui le responsable de cette affaire, et lui qui aurait à en répondre si Taral parlait. Et il passerait pour un con.

– De toute façon, ce volet est vraiment trop anecdotique pour l'AFP a déclaré Céline en se levant. En tout cas, merci pour tout ça ! Je vais tâcher de sortir un papier très vite.

Marko s'est levé à son tour :

– Mademoiselle ! Il faut que les choses soient claires : on ne s'est jamais rencontrés ! On ne se connaît pas. Vous ne savez pas que je suis à Marseille. Tout ça est *off the record.*

– Bien entendu, Céline a fait après un temps de surprise. Ne vous inquiétez pas ! C'est mon boulot. Alex, je te tiens au courant ! elle a conclu en me faisant un clin d'œil.

On s'est extraits à notre tour de la pénombre. Marko a mis un chapeau de paille, puis s'est enroulé le cou et le visage dans un chèche orange. Plus discret, tu meurs.

– Elle a bien compris, la petite ! Bon boulot. Maintenant, les mecs, il va falloir finir et faire parler Taral. Avoir le fin mot de l'histoire !

Yannick a allumé une clope avant de répondre.

– Comment s'y prendre ? Les esprits sont encore chauds : c'est trop risqué... Je vais dire à la presse que Seccapone est mouillé. C'est bien lui qui est derrière tout ça, non ?

– Yannick ! a déclaré Marko. On a déjà plein de trucs sur eux ! Maintenant il faut le faire parler, puis revenir vers Seccapone avec l'aveu de Taral. Et paf, dans la tête ! il a fait en claquant sa main sur un platane.

– C'est vrai, c'est sûrement par le F-HUNT qu'on peut le coincer, j'ai précisé.

– Il ne dira rien, Taral, Yannick a répondu. Vous le savez comme moi.

Marko a pointé son index vers Yannick et a aboyé :

– Eh bien, on le fait chanter !

– Ce n'est pas notre rôle de faire chanter, Marko ! Yannick a déclaré. On est une ONG ! On n'est pas des flics ou des barbouzes.

– Je sais et c'est très bien comme ça ! Votre rôle, c'est d'empêcher les avions de *spotter*, les pêcheurs de tricher et de surpêcher... Votre rôle, c'est de faire en sorte qu'il y ait des thons en Méditerranée en 2050. Mais mon rôle à moi, c'est de faire ce que vous ne pouvez pas faire ! C'est pour ça que je suis votre consultant.

Le regard de Marko s'est illuminé. Au fond, le silence méprisant de Minor et d'Aspalorca lui avait pas mal tapé sur les nerfs. Et puis les trois derniers jours avaient été épuisants. Météo pourrie, pilote pas disponible, l'option croate était tombée à l'eau... On était remontés de Calabre en passant par tous les ports thoniers avant de prendre le train à Naples jusqu'à Vintimille, où une grève de la SNCF nous était tombée dessus. Moi, je tenais absolument à passer à Marseille, à la fois pour Céline et pour Melissa Diallo-Pinto, la bombe rencontrée dans l'avion au départ : on avait échangé quelques SMS plus précis ces derniers jours, il était vraiment question qu'on s'y retrouve...

– Je suis votre bras armé ! Marko a dit d'une voix forte. Moi, ce type, je vais le voir et je lui dis : « M. Taral, vous ne savez pas qui je suis. Je ne vous ai jamais vu, vous ne m'avez jamais vu. Je suis PERSONNE. Je suis ALAN. Et j'en sais beaucoup sur vous ! Alors on va discuter tous les deux. » Et PAF, à table ! Et ouais, mon pote, c'est comme ça que ça se passe avec Herrero. On ne prend pas Herrero pour une lavette. On ne lui marche pas dessus. On le respecte !

– On va réfléchir tranquillement à la bonne stratégie vis-à-vis de Taral, j'ai tempéré pour calmer Marko.

– Tenez-moi au courant, il a conclu en décrochant son téléphone. Christian ? ! Ah oui. Ah, c'est bien... Ah bon ? Huit euros. Bon... Tout va bien autrement ? C'est ça. À la prochaine !

Il s'est retourné vers nous, l'air apaisé.

– C'était Di Rollo. Ses bateaux ont fini par quitter Al Khums... Il est à bord du *Christian-Salvador IV* et il a fait son quota sur trois jours cette semaine. Deux coups de senne à cinquante et soixante tonnes... Il m'a dit qu'il rentrait sur Port-Vendres. Tout est en train d'être remorqué vers Malte.

– Vraiment très sympa de te dire ça, le mec ! Yannick a ironisé. Di Rollo devait être loin de lui parler autant.

– Il veut prouver sa bonne foi. De toute façon, avec toutes les casseroles qu'il a au cul... Eh, on va pas non plus lui lancer la pierre ! Avec tout ce qu'il nous apprend ! Et puis moi, je l'aime bien, c'est un pote ! Je le connais depuis des années, on se refait pas... Bon, on va bouffer les mecs ? Qu'est-ce que vous diriez d'une bonne darne de thon ?

2

Le sifflement du portable m'a tiré du canapé où je m'étais assoupi. Je me suis enfoncé la tête dans les coussins en grognant avant de réaliser que j'avais changé de vie. J'ai bondi. Il était 15 heures. C'était Céline. J'étais chez elle. Elle m'avait invité pour le week-end.

– Regarde ton mail. Je viens d'envoyer une première dépêche. L'Agence de contrôle des pêches de Vigo ne veut pas parler... Ils ont eu vos infos, mais ne veulent ni confirmer ni infirmer ce que vous avez vu.

– Ils ne savent pas...

– Je pense que si, mais qu'ils ont peur de quelque chose.

– Peut-être de passer pour des cons ?

Des avions de reconnaissance utilisés illégalement par des thoniers (Greenfight)

MARSEILLE, 9 juin (AFP) – Greenfight France dénonce l'utilisation d'avions de reconnaissance pour détecter les bancs de thons rouges par certains thoniers-senneurs en Méditerranée lors de la campagne de pêche en cours, en violation des règles de l'Union européenne.

Selon Greenfight, un aérodrome clandestin situé à Marina di Modica, dans le sud de la Sicile (sud de l'Italie), est utilisé par plusieurs avions de reconnaissance des bancs de thons, échappant ainsi à tout contrôle des autorités européennes.

Cet aérodrome, constitué d'une simple piste de terre et dont les hangars sont dissimulés derrière de hauts murs crénelés, est utilisé par des avions qui avaient déjà travaillé les années précédentes pour le compte de thoniers-senneurs siciliens notamment, a affirmé Greenfight à l'AFP.

(...)

« Tout poisson pêché grâce à l'intervention d'un avion est illégal. Que va-t-on faire du poisson pêché illégalement par certains senneurs ? », a demandé le responsable de la campagne Océans pour Greenfight France, Yannick Rouget, interrogé par l'AFP, qui affirme également détenir la preuve de l'implication d'un gros armement sétois, Seccapone frères, dans ces opérations illégales.

Un mail de Marko était aussi arrivé. Il était adressé aux chefs, Aspalorca et Minor. Yannick et moi étions en copie cachée. Et c'était une bombe. Comme par hasard, quelque peu pressées, les autorités européennes commençaient à se bouger.

Dear friends,

Selon l'un de mes contacts maltais, cette note vient d'être transmise par l'Armée de l'air à l'Aviation civile maltaise :

« Les aéronefs suivants ont été signalés comme très susceptibles de participer à des activités illégales de repérage de thons : I-GIMT, I-FONO, N 377JZ, I-HOOP, HB LIT, F-GIMT, N89309, I-FOOS.

Aucune assistance ou ravitaillement en carburant ne doit être fourni à ces aéronefs, à moins que leurs plans de vol garantissent qu'il ne prennent pas part à des actitivés liées à la pêche.

Nous demandons le report de l'arrivée de ces aéronefs à Malte. »

Attention : une opération du plan conjoint de l'Agence de contrôle pour les immobiliser semble bien être en cours... Il serait préférable que les immatriculations ne soient pas rendues publiques.

J'ai avalé trois ampoules de plasma et transféré la note à Céline. Cinq minutes plus tard, je recevais le SMS suivant : « Ils parlent. Attention ! Nvelle dépêche très vite ! »

Vingt-huit avions soupçonnés par l'UE de survol illégal de bancs de thons en Méditerranée

MARSEILLE, 9 juin (AFP) – Vingt-huit avions sont soupçonnés d'avoir survolé illégalement la Méditerranée pour le compte de thoniers-senneurs afin de détecter des bancs de thons rouges, a-t-on appris lundi auprès de l'Agence européenne de contrôle des pêches.

« Vingt-huit avions sont soupçonnés d'avoir exercé des survols illégaux en appui aux pêcheurs », a précisé Peter Mahler, directeur de l'Agence. Parmi eux, seuls huit ont pu être identifiés : trois immatriculés en Italie, deux aux États-Unis, deux en Suisse et un en France.

(...)

Il reviendra à ces États d'ouvrir une enquête, a précisé l'Agence européenne. Greenfight avait dénoncé plus tôt l'utilisation d'avions de reconnaissance pour détecter les bancs de thons rouges par des armements italiens et français.

Le chiffre m'a fait bondir sur mon téléphone. Céline était pourtant formelle.

– Mahler m'a bien dit vingt-huit !

– Ça semble énorme. Comme ils disent n'avoir pu en identifier que huit, c'est peut-être plutôt vingt-huit observations de survol... Il doit y avoir plusieurs fois le même avion...

– Peut-être, elle a fait. En tout cas, je viens de parler avec un type du ministère de la Pêche à Paris : la fermeture semble imminente.

– Oh !

C'était grisant de voir le travail de ces derniers jours enfin porter ses fruits.

– Moi, je dois décrocher, elle a ajouté d'un ton amer. Ma chef veut que j'aille a l'aéroport soutirer quelques mots à Zidane, qui vient passer trois jours à Marseille.

Dans la foulée, le *Midi Libre.fr* a mis en ligne un papier :

Méditerranée

Des avions renifleurs pistent les thons

Alors que l'avenir de ce poisson est menacé par la surpêche, une pratique illicite a la vie dure, le repérage aérien. Des armements italiens et français sont mis en cause.

Les écologistes de Greenfight ont affirmé avoir la preuve d'un certain nombre de ces survols et ont pressé les autorités d'intervenir. Sollicitée par le *Midi Libre,* l'Agence européenne a fini par admettre qu'elle avait connaissance du survol des zones de pêche par des avions suspects. *« Ce week-end, les patrouilleurs nous ont signalé la présence de vingt-huit avions au sud de Malte. Vingt n'ont pu être identifiés. Il y avait trois appareils italiens, deux des USA, deux suisses et un français »*, détaille Peter Mahler, le directeur de la CFCA. Les autorités maltaises et italiennes ont été mises en alerte afin qu'elles bloquent ces appareils sur les aérodromes qu'ils utilisent. Leurs États de rattachement devraient ensuite ouvrir des enquêtes.

(...)

L'une des bases d'opération des « renifleurs de thons » est l'île italienne de Pantelleria, entre Malte et la Tunisie. Greenfight y a repéré cette année plusieurs de ces Cessna 337 ou Partenavia P-68 qu'affectionnent les pêcheurs. La présence de deux moteurs leur permet d'opérer sans risque loin des côtes...

Greenfight affirme également avoir les preuves de l'existence d'une piste discrète de décollage dans le sud de la Sicile, à Marina di Modica. À l'abri des regards, des armements siciliens mais aussi français, dont le sétois Antoine Seccapone, y feraient décoller et atterrir leurs avions renifleurs. Joint au téléphone, ce dernier dément formellement : *« Il n'y a aucun lien entre les avions incriminés et moi. Je défie Greenfight de trouver la moindre preuve de lien entre ces avions et moi ! »*

Jean-Michel Labat

Yannick m'a appelé. Il était ravi, il enchaînait les interviews.

– Ça prend… Ça prend bien ! On est en train de marquer des points ! On les a forcés à reconnaître l'ampleur de la fraude. Et ça va continuer !

– Ah bon ?

– *Le Monde* prépare un papier sur le dispositif de contrôle et ses failles. La solution va s'imposer d'elle-même. Si, avec vingt millions d'euros, tu ne peux pas empêcher les abus, eh bien, tu la suspends, cette pêcherie ! Au fait, Jean-Michel Labat, le mec du *Midi Libre,* a besoin d'une photo d'un des avions. Ils vont la mettre sur le site et dans l'édition papier de demain. Je n'en ai pas en haute déf. Tu peux lui envoyer ?

Quotidien régional, le *Midi Libre* était lu à Sète et à Port-Vendres. Dans tous les ports, par tout le monde. Contrairement à Céline, Labat n'avait pas la liste des huit avions identifiés. Il savait juste qu'il y avait un français parmi eux… Le F-HUNT, qui n'était pas dans la liste maltaise des huit, passerait au *Midi Libre* comme une lettre à la poste. Il y avait un coup à tenter.

– OK, j'ai fait, je lui envoie tout de suite.

– Au fait, quand est-ce que tu retournes au bureau ?

– Bientôt, j'ai dit d'une voix lasse.

– J'ai eu Laurent. Il veut que tu rentres. Tu n'es plus en vacances !

– Je sais.

– En plus, Asparlorca m'a appelé. Il a vu la dépêche. Il est furieux : il va demander une enquête interne à Greenfight International. Une vraie déclaration de guerre !

– Merde…

– C'est pas étonnant. Même si, au fond, on a fait ce qu'il voulait faire sans attendre son accord… Jordi Minor pense que c'est lui qui a lâché l'affaire pour griller l'iEF ! On les a mis en porte-à-faux. Il paraît qu'ils se sont brouillés à mort !

– Tant mieux. Moi, je reste convaincu qu'on a fait ce qu'il fallait, pas toi ?

– Ouais. Du bon boulot ! Greenfight International sera tôt au tard obligée de le reconnaître... Tu as assuré.

– Merci.

Me concernant, les compliments étaient rares. Un court instant, j'ai imaginé que Peter Malher, le directeur de l'Agence européenne des pêches, me proposait un poste. Je refusais, évidemment, société civile oblige... Là-dessus, Greenfight se rendait compte à quel point mes talents avaient été sous-exploités et m'offrait la direction de la *Research unit*.

– Je comprends que tu aies du mal à décrocher ! Yannick a remarqué.

– Ben ouais, j'ai soupiré. Le boulot n'est pas complètement fini.

– On a fait notre part. On a tiré la sonnette d'alarme... On n'a pas vraiment besoin d'aller plus loin.

– Tu crois ?

– Oui. Laisse tomber !

Imaginer qu'à mon retour à Paris j'allais hériter d'une énième cyber-pétition baleine à mettre en place avec le Web, d'une énième manif baleine à sept personnes devant l'ambassade du Japon, et d'une lettre à écrire à un conseiller diplomatique qui volerait vers la poubelle sans même avoir été ouverte m'a carrément donné des boutons. C'était trop absurde. Je me suis pris la tête dans les mains. Je n'avais jamais pu supporter ce boulot... Bien sûr, au XXIe siècle, il était complètement stupide de tuer des baleines. Absurde. Personne ne contestait ça. D'un autre côté, les populations de cétacés ne s'étaient pas si mal régénérées depuis l'interdiction de la chasse commerciale en 1986. Il y avait des urgences plus criantes. Mais à Greenfight comme ailleurs, la collecte de fonds avait aussi ses raisons.

– J'ai eu un coup de fil d'Alessandro, le collègue du bureau italien, Yannick a ajouté. La Guardia di Finanzia est intervenue cet aprem' à Marina di Modica. Ils ont infligé une amende de 672 000 euros aux Siciliens. Six personnes ont été entendues !

3

Alex,

Je pensais te voir ce matin... La semaine que tu avais prise SANS me demander mon avis est écoulée. Il y a plein de choses à faire et j'ai une demande d'explication de Greenfight International vous concernant toi et Yannick. Il y a un problème avec l'iEF. Tu n'es pas censé travailler sur le thon. Chacun son boulot ! En tant que salarié, tu es assujetti à des contraintes et à ta hiérarchie. Tu es libre de la refuser et d'aller voir ailleurs.

À demain sans faute.

LT

De rage, j'ai balancé ma souris à l'autre bout de la pièce. Laurent Tomel ! À chaque réunion, ce type se couvrait de ridicule en enchaînant les expressions débiles issues de son esprit dérangé par un passage de cinq ans dans un cabinet d'audit international : « Hey, Alex, tu me lances un petit power punto sur Tokyo 2, all right ? Ça serait bueno : je suis full power sur R2C ! »

Rien à foutre. Ce connard serait payé par Seccapone, il ne s'y serait pas pris autrement... Je me suis assis sur le balcon. Dans la rue, six étages plus bas, les gens s'agitaient. Une fille à vélo avait brûlé un feu. Un mec en bagnole l'a klaxonnée. Sans même se retourner, elle lui a fait un doigt et s'en est allée, impériale. Puis mon regard est resté bloqué sur un gars, plutôt âgé, qui faisait des photos des vitrines d'un magasin de chaussures avec un gros reflex. Paires par paires. Qu'est-ce qui pouvait bien lui passer par la tête ?

Greenfight n'était plus qu'une putain d'agence de communication environnementale. Autant le savoir... Il fallait que je trace mon chemin. Mais où aller ? Et pour quoi faire ?

En début d'année, j'avais bien essayé de recontacter la fille de *Nova Mag* qui avait publié mes photos d'égouts, mais elle bossait maintenant pour *Marie Claire*. À sa remplaçante, j'avais montré des extraits de WONG KAR BLUES (2001-2007), une centaine de polaroids de mannequins estropiés dans les vitrines des grossistes de vêtements chinois du 11e arrondissement. L'une amputée d'un doigt, l'autre recouverte d'un sac-poubelle, certaines s'étaient fait casser le nez, d'autres décapiter... Leur sort était loin d'être enviable. La fille a trouvé ça bizarre. Pour moi, c'était avant tout un témoignage sur la déshumanisation d'un quartier de Paris, celui ou j'habitais, dont tous les commerces étaient peu à peu abandonnés au profit de ces grossistes. Elle, elle a trouvé ça un peu malsain. Juste malsain. Rien d'autre. Dommage.

Quoi qu'il en soit, ma carrière de prodige de la photographie était au point mort. Je n'avais pas trente-six perspectives... Est-ce qu'il me fallait pour autant obéir à ma hiérarchie ? Les exceptions n'étaient-elles pas possibles ? Qui tenait le fil de l'activisme historique de Greenfight ? Qui incarnait son *esprit* ? Moi ou Laurent Tomel ?

En attendant, sur le site du *Midi Libre*, la photo du F-HUNT avait apparu. Sous l'article, j'ai posté un premier commentaire. Très vite, ça a commencé à fuser.

JB dit :
À tous les marins viandars des mers !
À tous les inconscients du porte monaie, je voudrais vous demander ce que vous allez laisser en héritage a vos enfants ? Une mer déserte de tous poissons ? Vous les marins… les gendarmes de la régulation des especes, vous êtes des sourds Et Dieu fasse que sa colere vous fasse disparaitre petits a petit ! Car vous les Rois des mers ! Vous ne pouvez vivre qu'en exploitant ce que vos enfants aimerais conserver. Que votre pétrole augmente ! Que vos charges explosent ! Pour que vous puissiez un jour vous offrir un cerveau !!!!!!!!!
!!!

sam dit :
JB, tu ira t'acheter toi ton petrol et tu t ettoufera avec au bord d une plage bien polluée putain plus faux que toi sa existe pas. avan qu il n y en ai plu du poisson tu peux t'accrocher on connait a peine 15% des poisson qui exites sur terre alors s il vous plai ferme tagrande geule infectée de conneries.

louvette dit :
Moi je suis alarmiste quand je lis ça !!! des avions de guere pour attrapé les poissons !!
À croire que si tous les pecheurs sont comme ça, vous n'avez vraiment aucuns scrupules et vous n'étes que des tueurs sans cerveaux !!!
Déja pour faire ce métier faut étre vraiment taré !! Tuer des poissons à longueur de temps ! quel horreur !
Il faut dir à la population mondial de ne pas manger de poissons, c'est la seule façon de les sauver, car les politique sont à la botte des pecheurs et ne front rien ! Manger du poisson,

c contribuer à sa disparition, donc BOYCOTT !
Sans pitié sans remords ! BOYCOTT !

pecheur a la derive dit :
louvette tu ferai mieux d en manger un peu plus souvent, ca rend intelligent

isa dit :
je sui femme de pecheur et je commence a en avoir assez de l'acharnement de certains. c et un des metiers le plus beau du monde et un des plus dangereux le patron font vivre beaucoup de famille. Si Greenfight aime la mer comme eux il faut q u il travaille ensemble et quil partent en guerre contre tous ces bateux qui n ont pas de licence quil se mettent au detroit de gilbraltar et empeche les bateaux de rentrer en mediteranee alors la ils serviront a quelque chose !!

chapi dit :
Et mes sushis ?

futur ex-pecheur dit :
Je reconnai cet avion sur la photo. Ces gens donnent une mauvaise idée du métier !

La voix de la nature dit :
J'ai kune chose a dire : sarko est un véritable CONNA...

gaetos dit :
Futurexpecheur, px tu me contacter par mail à l'adresse suivante ? remi707@gmail.com

sam dit :
mai francheman vous etes des jaloux allez lever votre cul au lieu de parler on se leve on peche des thon et on gagne notre vie et on la gagne bien si on peche et si on peche pas on gagne rien alor francheman futurexpecheur tais toi !

Cinq minutes plus tard, j'ai reçu un mail du dénommé futur ex-pecheur. Il avait des choses à dire... Parfait, j'ai pensé, le piège est en train de se refermer. Seccapone va tomber ! J'ai aspiré un grand coup et lui ai écrit que je travaillais pour Greenfight. Pouvait-on se rencontrer ? Il m'a dit que ce n'était pas possible, alors on s'est retrouvés sur Skype. J'ai commencé par lui envoyer la photo des deux lascars à Pantelleria face à leurs chopes de bière.

Alexambaz :
tu connais ces mecs ?

Futurex-pecheur :
Le type à droite, c'est Moreno. L'autre ? Connais pas. T'as eu ça comment ?

Alexambaz :
On me l'a envoyé. C'est l'équipage de l'avion en photo le F-HUNT. Tu connais Moreno ?

Futurex-pecheur :
Ouais. Moreno a longtemps travaillé pour Seccapone. C'est un pisteur.

Alexambaz :
Longtemps ??? !!!!! C'est plus le cas ???

Futurex-pecheur :
Ils se sont brouillés l'année dernière. Moreno n'aurait pas été payé comme il faut. Ce genre d'histoire arrive sans cesse. Le patron essaie toujours de baiser ses matelots ! C'est le jeu. Le pisteur, il est quand m plus difficile à baiser vu qu'il sait ce qu'il y a dans la senne !!!

Alexambaz :
t'es sûr qu'il ne travaille pas pour seccapone ?

Futurex-pecheur :
200 %

Alexambaz :
Donc cet avion ne bosserait pas pour seccapone ???

Futurex-pecheur :
Impossible. Cet avion appartient à un type qui bosse depuis longtemps pour les thoniers français.

Alexambaz :
JP Taral

Futurex-pecheur :
C'est ça ! et Taral s'est brouillé avec Seccapone cet hiver. Une affaire de fric bien sûr à la suite d'un convoyage à Oman qui a mal tourné.

Alexambaz :
tu sais pour qui il vole cette année ? Et pour qui travaille Moreno ???

Alexambaz :
???

Futurex-pecheur :
En méditerrannée, on donne jamais de nom.

Alexambaz :
Personne t'oblige !!!

Futurex-pecheur :
évidemment

Alexambaz :
Tu connais Marina di Modica ?

Futurex-pecheur :
J'ai lu. Pas étonnant. Comment vous avez trouvé ça ? Vous êtes bien informé !

Alexambaz :
???

Futurex-pecheur :
Qui vous l'a dit ?

Alexambaz :
...
Toi, comment tu sais tout ça ?

Futurex-pecheur :
??! j'ai travaillé pour eux jusqu'à l'année dernière. j'étais second sur un armement. Il y a trop de problèmes. C'est fini pour moi le thon. Je suis sur un chalutier maintenant. J'ai été exclu. Blacklisté. J'ai trop ouvert ma gueule. Mais je suis en contact avec les gars. On continue de se parler sur le port... Ça se plaint beaucoup cette année.

Alexambaz :
Pourquoi ?

Futurex-pecheur :
Les patrons ont remplacé pas mal de marins par des Sénégalais et des Ghanéens. La moitié de l'équipage sur certains bateaux. Ça fait du monde laissé sur le carreau, une soixantaine. Ça râle de partout. FO et CGT sont sur le coup. Les marins sont des grandes gueules. En plus, le fisc nous reproche d'avoir sous-déclaré nos revenus. Mais les patrons nous payaient au black ! Ils ont ts des comptes en Suisse, Malte ou Luxembourg. Personne n'est dupe !!! Alors on se retourne contre eux. tout ça va leur péter à la gueule. Ils ont fait bcp de mal à cette profession.

Alexambaz :
T'as d'autres infos ?

Futurex-pecheur :
Pas spécialement. Mais ça continue à voler, c'est sûr. moins

et plus discrètement. De toute façon, on a toujours travaillé comme ça.

Alexambaz :
OK. On reste en contact !?

Futurex-pecheur :
OK. C'est sûr il faut respecter la loi, préserver notre métier ! Certaines pratiques sont inadmissibles c pour ça que je te parle. On fait parfois le même boulot. Garde quand m en tête que derrière les millions de certains patrons, il y a des pères de famille. La plupart.

Qu'est-ce que ce bordel pouvait bien vouloir dire ? Toutes nos hypothèses étaient en train de s'envoler...

J'ai aussitôt fait part de cette conversation à Marko, qui m'a ri au nez :

– Ton gars, tu peux être sûr qu'il est téléguidé par Seccapone !

– Il n'a pas spécialement cherché à le disculper.

– Ils sont pas cons non plus ! Laisse tomber ces balivernes ! La roue tourne, les *garimperos* dégainent, quoi de plus normal ?

Mais rien n'était normal. Un gros point d'interrogation me labourait le cerveau. J'ai décidé d'appeler Franck Badot à Pantelleria. Mon téléphone était paramétré pour enregistrer la conversation.

Curieusement, il avait l'air content de me parler. Il m'a dit qu'il était à l'hôtel devant un film. De retour de six heures de vol. Je lui ai expliqué calmement qu'on savait qu'il bossait pour les thoniers. D'une manière ou d'une autre. Lui était employé, il n'était pas responsable de ça... Mais s'il parlait, s'il me disait l'armement pour qui il travaillait, peut-être qu'on pourrait oublier de mettre son nom dans notre rapport.

– Tu vas pas recommencer ! C'est comme on t'a dit. Tu connais la réponse.

– On a plein de trucs sur toi et Noël... Vous allez être dans notre rapport, en photo... Toi, tu vas peut-être bien perdre ta licence... C'est... comment dire... dommage.

Long silence.

– Tu sais, il a repris, moi j'ai transporté des armes, des putes, de la drogue et j'en passe... Je suis pilote. Alors ces histoires-là, le thon, là... J'y crois pas. On fait rien de mal !

– Ben si, j'ai soupiré. Quand même !

– Tu sais bien que je peux pas te dire pour qui il bosse, Noël. C'est Frontex, voilà... Et c'est tout. Je suis pilote, moi... C'est pas mon problème.

– Si tu ne me dis rien, ça va devenir ton problème !

– Négatif.

– Tu vas le regretter, j'ai tranché.

Mais ma voix manquait d'assurance. Zéro fermeté. Niveau chantage, rien à faire, je manquais de bases... Là-dessus, idem, Maniguet était resté muet. Du reste, quelle est la bible ?

– T'es sympa, Alexandre, il a plaisanté, mais il faut que tu comprennes ! C'est eux qui me paient... Et moi je veux toucher mes pépettes ! Eh oui. Pour l'instant, je n'ai eu que la moitié. Déjà que je suis payé au lance-pierres ! Et je fais des horaires de malade dans des conditions vraiment infernales : 45 °C dans le cockpit... Je peux te dire que ça laisse des traces. Je te parle même pas des vols où l'on frôle un autre avion. C'est très dangereux !

À demi-mot, Franck était tout de même en train de m'apprendre que, cette fois, fini l'attente et l'observation des concurrents, ils s'étaient bien mis à *spotter* !

– Pour qui ?

– ...

– Scanavino ? j'ai demandé en sortant le premier nom qui me passait par la tête. Un patron de Sète assez important.

– Non. C'est Frontex. Laisse tomber, je te dis... Je suis pas là pour foutre la merde. Je suis pilote.

– Seccapone ?

– Comment tu dis ?

– Seccapone ? Dis-le. Tu as ma parole que ton nom ne sera pas dans un de nos rapports.

– Ah... euh, il a fait en rigolant franchement. C'est qui ?

– Un pêcheur.

– Si tu le dis !

– T'as peut-être raison, j'ai conclu calmement. C'est Frontex... Au fait, c'est pas trop long à Pantelleria ?

– C'est vrai que c'est dur... Comme je m'ennuie le soir, je voulais faire un blog où je raconte mes aventures de pilote... J'ai écrit des trucs deux jours de suite à l'Internet café, puis j'en ai parlé à Noël. J'aurais pas dû ! Il m'a obligé à tout supprimer. Noël par ci, Noël par là... J'en peux plus.

– T'en as encore pour longtemps ?

– Fin juin.

C'était la date de fermeture prévue de la pêche.

– Ça va être long alors !

– Ouais, c'est sûr. Bon, allez, il faut que j'y aille... Salut ! Au fait, t'as trouvé du shit ?

– Mouais, j'ai murmuré. Franck, ça te dit quelque chose, Marina di Modica ?

– Ben oui, évidemment ! il a fait d'une voix enjouée. Bien sûr ! Alors, vous y êtes allés ? Hein ? Noël m'a dit que c'était sorti dans la presse... C'était comment ? Bien ? À qui on dit merci, hein ?

J'ai sursauté.

– Comment ça ?
– Ben... Non, rien...
Il était temps de jouer ma dernière carte, la seule qui tenait la route.
– Tu sais qu'on a un devis adressé à Sud Air Dauphin dans lequel est mentionné votre passage là-bas ? Il y a ton nom dessus.
– Hein ? Mais on n'y est même pas allés ! Le mec des carburants de Palerme s'est lourdé. C'est pas pour nous là-bas, mais pour les avions de Seccapone ! C'est sa base !
– Comment ça ? je me suis étranglé. Vous ne travaillez pas pour Seccapone ?
– Pfff... il a toussoté.
– Si tu ne me dis rien, je vais devoir écrire que si.
Cinq interminables secondes sont passées.
– Tu te plantes, il a repris. Ce que je peux te dire, c'est que... on avait... comment dire ? On avait pour consigne de te passer l'info sur cette Marina...
– Hein ? Quoi ? j'ai gueulé dans le téléphone.
– Tu devrais me remercier ! En plus, c'est moi qui ai eu l'idée... J'avais vu ça dans *24 heures Chrono*.
– Qu'est-ce ça veut dire ? Vous saviez que j'étais sur le toit ? Franck ? Tu m'entends ? VOUS SAVIEZ ?

4

En passant devant une glace dix secondes plus tard, je n'ai pas vu le futur directeur de la *Research unit*, mais un pauvre type qui se faisait balader comme un guignol, un type qui se prenait pour un caïd de l'enquête alors qu'il ne contrôlait rien du tout. Que dalle. Zéro.

Les *garimperos* dégainaient, OK, et moi, j'étais collé au sol en attendant la balle perdue. Il fallait relever la tête... Comprendre. J'ai pensé à la phrase de Seccapone dans le *Midi Libre* : « Je défie Greenfight de trouver la moindre preuve de lien entre ces avions et moi ! » Au fond, je ne savais rien de ces avions. Qui les possédait ? Ce qui vaudrait pour Seccapone vaudrait pour les autres... Il y avait sûrement moyen de remonter la corde. Je me suis remis devant mon ordinateur et, la tête complètement vide, un peu en désespoir de cause, j'ai tapé l'immatriculation d'un des avions sur Google.

Une mine m'a très vite explosé au visage.

Une mine de photos et d'infos, le travail des *plane spotters*.

Ces gens sont des passionnés – ou de grands malades, quelle différence ? – qui, dans tous les aéroports ou aéroclubs où ils passent, notent consciencieusement les immatriculations des aéronefs au parking, à l'atterrissage, au décollage... Certains agrémentent les faits de photographies et le tout est mis en ligne sur des sites dédiés : jetliners.net, jetphotos.net, aviationcorner.net, planespotters.net, myaviation.net...

Est-ce la forme phallique de certains avions qui les fait triper ? La volonté de tout savoir, tout contrôler ? L'impression de décoller à chaque fois ? Peu importe. Qui sait ce qu'il y a dans la tête de ces collectionneurs ? Moi qui ai pris en photo et archivé les réservoirs de toutes les vieilles motos Honda de Paris (TANKS, 1999-2004), je sais qu'il n'y a rien de très clair dans tout ça. Rien d'acquis. Autant le savoir. Quoi qu'il en soit, les infos des *plane spotters* sont toujours exactes. Du brut. De l'or en barre. En 2004, grâce à eux, et sans même qu'ils le sachent, des enquêteurs travaillant pour des ONG se sont aperçus que de drôles d'avions américains, des Boeing appartenant à des compagnies fantoches, se livraient à des allers-retours réguliers entre Le Caire, Glasgow, Larnaca, Karachi... La voie vers les prisons secrètes de la CIA. La négation de tous les droits de l'homme par la plus grande puissance mondiale. Merci.

L'avion dont était descendu le fils Seccapone à Marina di Modica était en photo sur un site de *plane spotters* italiens avec la note suivante : « *For the first time in Napoli. Ex N 411D* ». Or, ce N 411D était un ancien avion américain que j'avais dans ma base : il avait *spotté* toutes les années précédentes pour les armateurs siciliens... Le site de l'Aviation civile italienne n'avait pas de base d'identification des avions ; en revanche, son équivalent américain, la Federal Aviation Administration, en avait une, et le N411D avait été auparavant la propriété de Med Atlant Inc., une société basée à Miami, en Floride.

Med Atlant Inc. avait encore à son actif quatre autres *push-pull* qui avaient tous été signalés pour des faits illégaux de *spotting* ces dernières années... Et parmi eux figurait le Cessna rouge qu'on avait vu à l'arrêt à la Marina ! Cette boîte bossait donc pour les Siciliens et pour Seccapone...

La preuve formelle m'est quasiment tombée dessus une demi-heure de recherche plus tard : selon un PDF de la *Division of corporations* de l'État de Floride, téléchargeable pour vingt dollars, le directeur de Med Atlant Inc. s'appelait Roberto Lanazzi. Un Américain. Et il y avait deux actionnaires : Lanazzi en personne et... Pasquale della Giubiliana, l'un des pontes des thoniers de Palerme et partenaire identifié de Seccapone. Le document datait de 2006, un an avant l'interdiction.

Le N89309, un autre Cessna qui faisait partie de la *short list* des huit avions identifiés par les inspecteurs et transmise aux autorités maltaises, appartenait quant à lui à Air Lisa Inc., une société basée à Wilmington, dans l'État du Delaware. Là encore, même topo : cette boîte avait six *push-pull* à son actif, tous dans la base de *spotters* de Marko et tous suspectés d'être actifs depuis l'interdiction. Je me suis mis à cliquer dans tous les sens sur le groupe du Delaware, Air Lisa Inc., pour voir si un lien avec Lanazzi pouvait sortir... Ça n'a rien donné. Quoi qu'il en soit, cet État américain de la côte Est valait le détour : c'était un paradis fiscal. Discret et BCBG. À condition de n'avoir que des activités hors de ses limites (ce qui ne semble pas une condition très lourde, puisque le Delaware fait la taille d'un département français), une société ne subit qu'une taxation forfaitaire minuscule. Du coup, des dizaines de milliers de sociétés, y compris des multinationales, y ont leur siège. Et on trouve en ligne un tas de sites français qui proposent leurs services d'intermédiaires.

Dès lors que votre activité s'y prête, pourquoi ne pas profiter d'une opportunité de consolider votre activité professionnelle, en limitant vos frais en toute légalité ? Pas d'impôts sur les sociétés, anonymat des dirigeants et actionnaires, rapidité d'incorporation, coûts de création et de maintenance très faibles.

Au surplus, nous vous proposons l'ouverture de votre compte bancaire d'entreprise dans une banque *offshore*, et dont l'argent est disponible partout grâce aux cartes de retrait. Pourquoi hésiter ? Notre offre de base est à 339 euros.

Faute de trouver le moindre document accessible, j'ai fini par lâcher Air Lisa Inc. pour m'intéresser à Taral. Sur la base en ligne de la direction générale de l'Aviation civile française, Sud Air Dauphin n'avait à son actif que deux avions, un piper monomoteur, le Cessna F-HUNT, ainsi qu'un hélicoptère. Taral était un petit joueur. Comment avait-il pu arriver là-dedans ? Cet avion français était-il utilisé en complément des N américains par le groupe Seccapone et ses associés ? Futurex-pecheur était alors très fort. Franck Badot aussi, je me suis dit en m'arrachant les cheveux. Franck Badot ?

J'ai continué à tapoter pendant des heures des dizaines et des dizaines d'immatriculations, mon ordinateur crachait comme une machine à sous des photos de *push-pull* et de P-68 prises à Ibiza, Alicante, Gérone, Salerne, Figari, Paphos, Naples, Luqa ces dernières années… En vain. À 3 ou 4 heures du matin, en voulant fermer le fichier photo du N 399JR, un des avions d'Air Lisa Inc. pris en photo à Montpellier en 2005, la flèche de ma souris a glissé et j'ai cliqué sur le zoom avant. L'aileron arrière a grossi d'un coup. Et un petit autocollant m'a sauté aux yeux : Sud Air Dauphin.

J'ai ouvert et fermé trois fois le fichier pour être sûr. L'avion appartenait à Taral. Tout simplement. Comme tous ces avions d'Air Lisa Inc. dans le Delaware. Avec le F-HUNT, Taral avait sept *push-pull* ! Tu parles d'un petit joueur ! Six d'entre eux opéraient avec une immatriculation américaine. Et personne n'avait jamais fait le lien.

Pour éviter de m'emballer pour rien, j'ai attrapé mon téléphone. À quelques milliers de kilomètres de là, à la Division of corporations du Delaware, je suis tombé sur une opératrice de permanence. Elle pouvait m'indiquer le nom du directeur d'Air Lisa Inc. Elle l'avait sur son écran. Si je voulais un papier pour le prouver, c'était trente-trois dollars.

– Je-an Piiier Taal, elle m'a annoncé péniblement.

J'ai filé direct mon numéro de carte bleue.

Futurex-pecheur et Franck Badot ne bluffaient pas : tout s'emboîtait parfaitement... Taral était l'un des principaux opérateurs d'avions pour le compte des thoniers, tout comme Roberto Lanazzi... L'armateur pour lequel opérait le F-HUNT s'était donc servi de nous pour crever Seccapone et ses partenaires siciliens. Quant à Taral, il nous avait balancé vers la tanière et les avions de Lanazzi, son principal concurrent. Pour couronner le tout, on avait évidemment servi de couverture à leurs propres activités de *spotting*.

À l'aube, complètement abruti, je suis tombé en arrêt sur la photo d'un Cessna prise à Malte le 1er juin. Une semaine plus tôt. C'était la plus récente de toutes. L'avion avait décollé de Luqa le 1er juin. Le 1er juin ? J'ai copié l'image sur mon bureau et j'ai essayé de me concentrer... C'était le F-HUNT. Et le passager que l'on voyait à droite du pilote, c'était moi. La boucle était bouclée. Je me suis effondré.

J'ai vu des étoiles. Des Cessna et des Partenavia par centaines. Alignés ou en vol. De toutes les couleurs. Tous suspects. Tous cachés. Ils m'attendaient. Je les ai salués et les ai méthodiquement déshabillés avec le Canon. Puis je me suis allongé sur le tarmac les bras en croix.

5

J'avais rendez-vous avec Marko à 9 heures dans un café. Dans une tribune du *Midi Libre*, Seccapone s'en prenait violemment à Greenfight :

« Il y a bien des avions utilisés par les thoniers. Malheureusement... Huit ont été identifiés. Mais y a-t-il un avion m'appartenant dans le lot ? Depuis deux ans, tous mes avions restent au hangar. Quelles sont les preuves apportées par Greenfight ? Une photo de mon fils dans un complexe hôtelier en Sicile ? En quoi cela fait-il de nous des tricheurs et des pirates ? Ce sont des méthodes de barbouze, de la pure diffamation ! Je mets au défi Greenfight de prouver qu'il y a le moindre lien entre ces avions et nous. On veut salir ma famille... On veut nous détruire parce que nous réussissons... C'est inadmissible !

La jalousie et la méchanceté guident certains. Nos entreprises sont des structures familiales et nous nous en sortons. D'autres sont en difficulté. Qu'y pouvons-nous ?

De plus, nous savons aujourd'hui qu'un armateur mal intentionné à mon égard a invité Greenfight sur l'un de ses avions en Méditerranée centrale et que les militants de Greenfight ont volé dans cet avion. Qui sont ces gens qui se compromettent avec des tricheurs et nous donnent aujourd'hui des leçons de morale ? Nous allons porter plainte. »

Marko est arrivé, le journal à la main. Il était livide. En trois minutes, j'ai enfoncé le clou. Il secouait la tête, incrédule.

– Tout colle ! j'ai fait. Tout s'explique. L'année dernière, Noël Moreno se brouille avec son patron, Seccapone. Il y a deux mois, après avoir travaillé pour lui à Oman, Jean-Pierre Taral se brouille à son tour avec Seccapone. Celui-ci décide alors de travailler cette année avec les avions de Roberto Lanazzi, bien connu de ses associés siciliens... Puis un armateur X, ennemi de Seccapone, prend à son service l'ancien pisteur de ce dernier ainsi qu'un ou plusieurs avions de Taral. Les deux ont ensuite l'idée lumineuse de faire appel à des gentils écolos pour leur proposer de voir de là-haut ce qu'il se passe en Méditerranée centrale. L'idée est de leur offrir Seccapone sur un plateau ! Et d'envoyer un peu de poudre aux yeux aux autorités si leur avion venait à se faire choper... Comme les écolos ont besoin de vertu, ils leur servent un scénario fumeux à base de Frontex. Une fois là-bas, pour des raisons de météo ou autres, les choses prennent un peu de temps et ne se passent peut-être pas comme prévu... Mais quoi qu'il en soit, un beau jour, savamment informés par Noël Moreno et Franck Badot, nos héros, partent sur la piste du grand méchant loup la fleur au fusil. Et voilà ! Qu'est-ce t'en penses, Herrero ?

Un grognement s'est échappé de sa bouche.

– D'un bout à l'autre, on s'est fait balader comme des cakes, j'ai conclu.

Marko a fini par exploser :

– Greenfight International doit riposter ! Moi aussi ! Pour l'exemple. Ça ne va pas se passer comme ça ! Il faut la sortir, la mettre sur la table et boum. Crois-moi, je vais choper l'armateur qui est derrière tout ça. Je veux l'entendre avouer pour qui il vole, Marko a continué en roulant des yeux. Et puis... et puis, je veux le voir à quatre pattes comme un cochon. Comme un cochon, je te dis ! Je veux le voir exploser contre le mur, baignant dans son sang de porc. Que sa mère pleure ! C'est une pourriture, ce mec ! Il finira à La Haye avec les autres ! Je le raterai pas.

Un chien-loup posté sur le portail de fer d'une maison qu'on dépassait s'est alors mis à aboyer violemment. Marko a fait trois pas d'écart, manquant de peu de s'étaler dans le caniveau.

– Enculé de cabot de mes couilles ! il a explosé. J'ai cru que c'était une explosion ! Quelle saloperie ! En Asie, ils les bouffent, ces merdes ! Rôtis comme des poulets.

On a fait deux cents mètres sans dire un mot.

– Qui ça peut être ? j'ai fini par demander.

– On va trouver.

– Comment ? Et quand ? Je devrais déjà être rentré à Paris.

– Seccapone a plein d'ennemis...

– Il doit avoir une idée sur l'auteur du coup, j'ai dit d'un air songeur.

Marko a ironisé :

– Tu pourrais peut-être aller le voir pour lui demander ? Bon, je vais appeler Di Rollo, il a fait en s'arrêtant sous un arbre.

En revenant trois minutes plus tard, il a dit :

– Il pensait vraiment que c'était Seccapone... Il me dit maintenant que ça peut être un autre : Scanavino.

– Ah bon ?

– Les élections prud'homales arrivent. Il paraît qu'il veut se présenter, Scanavino... Et puis, il est à la tête de tous les gars qui sont restés aux Baléares et ne sont jamais allés en Libye comme Seccapone, Di Rollo et consorts. Il paraît qu'une fronde se prépare ! Les Baléares reprochent aux Libyens d'avoir bousillé la ressource et d'avoir fait adopter une réglementation les favorisant ! C'est tout à fait vrai au demeurant... Alors cette histoire pourrait être le lancement d'une guerre ouverte. Bref, en fait, il en sait rien, ce sont des hypothèses, il m'a dit qu'il allait se renseigner.

– Il est où, lui, Di Rollo ?

– Toujours en mer. Au large de la Sardaigne. Il revient.

De retour devant mon ordinateur, je me suis remis sur mes sites de *spotters* en espérant trouver une pépite. Les heures ont passé. J'ai laissé un message à futurex-pecheur, un autre à Franck. J'ai même appelé Sud Air Dauphin à Pau. Personne n'a daigné me répondre.

Je me suis remis à tourner en rond. Qu'est-ce que je pouvais faire ?

Sur le répondeur où je l'ai laissé s'échouer, Laurent Tomel s'est étonné sèchement de ne m'avoir toujours pas vu... Il mentionnait aussi la mise en cause de Greenfight par Seccapone : « N'interviens là-dedans sous aucun prétexte ! Tu nous laisses faire et tu rappliques dare-dare à Paris. C'est un ordre. »

Un ordre ? Consternant. Est-ce que ça valait le coup d'avoir fait des pieds et des mains dans un hôpital militaire pendant quinze jours histoire d'être anobli P4 pour, quelque dix ans plus tard, subir tout ça... Un ordre de Laurent Tomel. Absurde.

Malheureusement, les choses n'étaient pas si simples, j'ai pensé un peu plus tard. L'appui de Tomel, un chef, pouvait être précieux. La *Research unit* en tiendrait compte. Et puis quoi ? Comme tout le monde, j'avais besoin de voir tomber 1 500 euros tous les mois sur mon compte en banque.

À midi, pas très fier de moi, j'ai fait mes affaires et me suis dirigé vers la gare Saint-Charles comme je me serais rendu à l'ennemi. Au moment de monter dans le train, j'ai reçu un coup de fil de Laure, la fille avec qui j'avais passé la nuit à Trapani sur le bateau. J'ai mis une seconde à la remettre. Elle était de retour à Montpellier.

– J'ai pensé à toi !

– Ah oui ?

– Ne t'emballe pas... Ça concerne tes pêcheurs. Il y a trois jours, en mer, il y avait pétole... Les autres ont décidé de se baigner. On devait être à 80 miles des côtes tunisiennes, en route vers Sfax, où on a laissé le bateau. Je filmais avec la petite cam. Il y avait des dauphins autour. Le paradis. J'ai entendu un bruit... C'était un avion, au moins à un mile. Et il s'est mis à faire des tours au-dessus de l'eau.

– Oh... Tu as filmé ça ?

– Oui. L'avion a tourné deux minutes en se décalant un peu, puis il a filé. Plus tard, un bateau est arrivé, un très grand. Puis deux autres plus petits, je crois. Et l'avion est revenu et ils se sont tous mis à tourner.

– Comment sont ces bateaux et cet avion ? j'ai demandé. Est-ce qu'on voit leurs immatriculations ?

– Je sais pas... C'est très loin. Et l'écran du caméscope est tout petit.

– Regarde encore ! Puis tu me rappelles.

J'ai raccroché. Dehors, sur les marches de la gare, la lumière était magnifique. Bouleversante. Marseille est la plus belle ville du monde, je me suis dit. Aucun doute là-dessus. Deux gros pigeons sont passés à côté de moi. Ils avaient l'air contents, pas agressifs du tout. Au lieu de taper du pied, je leur ai fait un signe de la main et me suis marré tout seul. Tout était possible.

Une minute plus tard, j'avais la réponse. Elle avait du mal à décrire les bateaux, mais l'avion, lui, avait le double aileron arrière caractéristique des *push-pull*. Il était blanc avec des lignes bordeaux... Son immatriculation était lisible sur un plan : F-HUNT. Elle était formelle. La clé finale. En regardant attentivement les bateaux, on saurait enfin pour quel armateur l'avion travaillait... C'était tellement beau que j'avais du mal à y croire.

– J'arrive, je lui ai dit, j'arrive ! Attends-moi, je suis là dans trois heures !

6

On est sortis de la gare de Montpellier vers 17 heures. Marko avait tenu à m'accompagner. Laure nous attendait dans une brasserie déserte. Bronzée, craquante à souhait. Elle avait un short beige, un débardeur vert pâle, et une frange tout juste coupée. Je ne me souvenais pas qu'elle était aussi classe. Elle était avec un mec qu'elle m'a présenté comme le sien. On s'est tous assis derrière une table et elle a mis le caméscope en marche... L'avion s'est amené. On le voyait nettement tourner au-dessus d'une matte. J'ai bu mon demi d'un trait, hypnotisé par le spectacle... Puis un grand senneur rouge est apparu.

Marko s'est étranglé :

– C'était quand ?

– Il y a quatre jours ! Laure a répondu.

Comme prévu, deux autres bateaux ont suivi, puis l'avion s'est remis à tourner. Ils étaient en train de mettre la senne à l'eau. Ça a duré cinq minutes, puis l'écran est redevenu noir.

– Voilà, Laure a dit d'une voix enjouée. Vous savez tout !

Je me suis tourné vers Marko. Il était livide.

– Je vais le tuer, il a fait d'une voix caverneuse. C'est fini. Il est mort.

– Qui ça ? Laure a demandé, légèrement interloquée par l'attitude pas très pacifiste de mon collègue.

– OK, j'ai dit, tu peux nous laisser la cassette ? On en fait une copie et on te la renvoie.

Marko l'a mise dans la poche de son jean.

– Ben, évidemment, elle a fait. Bon, on vous laisse... Bon courage !

Marko a commandé un double whisky avant de balancer :

– C'est Di Rollo !

– Hein ? Tu plaisantes ?

– Le *Christian-Salvador IV* et ses Libyens. C'est eux ! Aucun doute.

Le souvenir des quelques heures que j'avais passées chez ce type à Port-Vendres m'a claqué au visage. Deux heures. VTT pourri, canapé à cent euros et pavillon de surendetté... Et nos enfants qui avaient joué ensemble... Il était tellement dans la merde, tellement endetté, fliqué, surveillé, mis en examen qu'il ne pouvait prendre aucun risque, qu'il rendait même des comptes à Marko. L'option la plus tordue de toutes. Évidemment.

– Rien à foutre, j'ai fait. C'est une ordure. Maintenant, on le baise !

Le grand Herrero avait du mal à encaisser :

– Peut-être... Mais ce milieu me dégoûte. Comment ce connard a pu me faire ça ? Avec tout ce que j'ai fait pour lui... C'est un cauchemar. L'année prochaine, je pars sur le requin !

Quelques heures plus tard, on était de retour à Marseille. En attendant un taxi, Marko m'a dit :

– Il vaut mieux que tu gardes la cassette !

– Comme tu veux, j'ai fait en la mettant dans la poche de mon jean.

– Alex, je ne t'ai pas dit, il a continué d'une petite voix, mais j'ai prévenu Di Rollo que j'allais avoir des images qui nous donneraient le fin mot de l'histoire... Enfin, bref, il sait.

– Je te pensais plus parano !

Il a levé les bras au ciel, puis les a aussitôt laissés s'effondrer.

– Qu'est-ce tu veux que je te dise ? Je lui faisais confiance. En attendant, mieux vaut pas que je traîne par ici, on sait jamais... Je vais repartir très vite à Malte. J'ai du boulot là-bas. La ferme où Di Rollo a des parts... S'ils y font entrer le moindre poisson gris, je ne les raterai pas ! il a conclu en mimant un flingue de ses trois doigts.

– Moi, je rentre demain à Paris.

– *Take care !*

C'était l'heure de l'apéro. J'ai rejoint Céline et Sam dans un bar. Ils étaient avec des potes. Cette fois, la boucle était bouclée, ma mission était finie. Un SMS de Yannick m'a confirmé que la fermeture de la pêche était imminente. Je me suis enfilé trois pastis en tâtant la cassette dans ma poche. On allait faire une petite note à l'attention de l'Agence de contrôle des pêches. Di Rollo aurait le droit à un bel article dans le *Midi Libre*. Je me ferais un plaisir d'expliquer l'histoire au journaliste : comment on avait fini par retourner la situation, pourquoi il ne fallait pas nous sous-estimer... Le flair, c'est inné ! Puis je ferais suivre l'article à la *Research unit*.

Mais au fond, est-ce que Greenfight était une solution ? Franchement ? Une solution durable pour quelqu'un comme moi ? Trop de bureaucratie. Trop de compromis. Mieux valait m'installer à mon compte. Alexandre

Ambaz, détective environnemental. Je voyais déjà les cartes de visite.

Cerise sur le gâteau, Melissa Diallo-Pinto, princesse méditerranéenne rencontrée aux cieux, m'a appelé vers 21 heures et proposé que l'on se voie. Comme prévu, elle était de retour à Marseille. Je lui ai dit que je repartais le lendemain. Elle a hésité un moment, puis déclaré qu'après tout, pourquoi pas ce soir ? Je suis allé la retrouver en sifflotant, euphorique. Qui a dit que les êtres humains ne pouvaient pas changer ? Qui a été assez con pour écrire ça ?

Elle avait coupé son afro et n'avait plus qu'un petit centimètre de cheveux sur le crâne. Elle semblait du coup moins grande. Bizarrement, ça a décuplé la confiance que j'avais en moi. Pour le reste, elle était à tomber par terre : minijupe blanche, long débardeur blanc et une demi-douzaine de bracelets en argent à chaque avant-bras. C'était trop. On s'est assis à une terrasse sans dire un mot, j'ai allumé une clope et décidé de la laisser venir, d'être limite désagréable. Au fond, c'était la seule solution... J'entendais chacun des pores de sa peau respirer.

– Ça s'est bien passé, ce reportage ?

– Ouais. Pas mal, j'ai soupiré. Intéressant, mais sans surprise. Parfois j'en ai un peu marre de bouger tout le temps. Un bon bureau à Paris où me poser me conviendrait mieux.

– T'as de la chance, elle a commenté.

– Ah bon ? Tu crois ?

– Ouais... Au fait, c'est quoi ce tatouage que tu as sur le poignet ?

– Un idéogramme chinois, j'ai expliqué. *Mong*... Ça veut dire « rêve ».

– C'est très beau. Regarde, elle m'a dit en découvrant son épaule.

Six traits horizontaux, dont quatre coupés en deux. C'était un hexagramme du Yi-King.

– « Libération », elle a fait.

On s'est marrés tous les deux. Ma résolution est évidemment partie en fumée. Elle allait deux fois par an au dojo de Desjardins, en Ardèche. J'avais pour ma part longtemps fréquenté celui de Taisen Deshimaru, rue de Tolbiac, et on avait tous les deux fait un stage de méditation Vipassana dans le centre de l'Yonne... Dix jours sans dire un mot au milieu de nulle part, ça crée des liens.

– Je t'ai un peu menti dans l'avion, j'ai fini par lui confier. En fait, je ne suis pas journaliste, je travaille pour une organisation écologiste, Greenfight. C'est pour ça que j'allais à Malte. Je travaille sur le thon rouge.

– Je m'en doutais un peu, elle a fait en souriant. J'ai trouvé des trucs sur toi sur Google.

Je l'ai dévisagée. Moi, je ne l'avais pas googlisée. À quoi bon ? Son regard était plein de bonté et de désir. C'était sidérant. Ne t'emballe pas, je me suis dit. Sois opportuniste ! Une autre petite voix me glissait à l'oreille que tout était toujours possible. Qui sait comment et où se font les rencontres ? Et après tout, pourquoi ne pas croire au coup de foudre ?

– Tu sais, moi aussi, je suis un peu écolo, elle a repris d'une voix douce. Mais bon, on n'est pas là pour parler boulot !

– On bouge ? j'ai proposé. Je suis chez des potes ici...

– OK. On va chez moi ?

Cinq minutes plus tard, en bas d'un immeuble, on s'est arrêtés. Elle a tapoté le code. J'avais du mal à croire que ce cul atomique serait mien d'ici une demi-heure.

– Ça marche pas ! elle a soupiré. Ils l'ont changé pendant mon absence ou quoi ?

– Tu veux que j'essaie ? j'ai fait crânement. J'ai un certain toucher. Et pas mal de chance.

– Si tu veux, elle a fait en se mettant à tapoter sur son portable.

Au moment où je me suis mis au clavier mural d'un air inspiré, elle a dit :

– Voilà, j'ai retrouvé !

Son appartement était très impersonnel. Trois pièces, meubles Ikea, presque aucune décoration ni photo. Un peu décevant.

– Je ne suis pas très souvent là, elle s'est excusée.

Un grand écran plat et une vieille console de jeux couronnaient le tout. Au lieu de m'offrir un Pink Martini, elle a proposé qu'on joue à « Mortal Kombat », « Mortal Battle » ou « Fatal Mortal Death », bref, l'un de ces jeux de baston débilitants. Manquant totalement d'expérience et de coordination (je n'ai jamais dépassé le stade de Tetris), je me suis fait laminer dix fois de suite, ce qui l'a plongée dans une totale euphorie. Elle tapait des pieds et lançait de grands cris de guerre, complètement métamorphosée… Très vite, j'en ai eu ma claque. Tout ça n'était pas bon pour l'ego… Mauvais pour le sexe. Je lui ai chopé le bras et l'ai tirée vers moi.

– Je suis meilleur en vrai !

– Oh ? elle a fait.

En une minute, l'harmonie universelle, internationale, polysociale et multiraciale est revenue. On a fait ça devant l'écran. Nos guerriers étaient à l'arrêt, en pause, ils se regardaient en chiens de faïence en tapant des pieds, pendant que nous, les maîtres, au milieu d'un tapis de fringues chiffonnées, on s'empoignait à terre et c'était tout. Absolu. Jamais les créateurs de jeux ne pourraient reproduire une telle chose sur leurs écrans et nous la faire sentir, j'ai pensé un moment. Pour les siècles et les siècles, nos ébats resteraient la seule vérité.

En me réveillant sur le lit à l'aube, je me suis aperçu qu'elle avait disparu. Je l'ai appelée. Rien. J'étais seul. J'ai cru à une blague, j'ai allumé la lumière en catastrophe : ses affaires avaient disparu. Il n'était pas encore l'heure des boulangeries. C'était incompréhensible. Il est vrai que parfois, deux partenaires de jeu ne perçoivent pas les choses de la même manière, mais quand même... Étais-je à ce point aveugle ?

J'ai attrapé mon jean. La cassette avait disparu.

7

– C'est une affaire perso, j'expliquais à Yannick qui essayait de me décourager. Entre Di Rollo et moi ! J'ai besoin de trois jours. Trois jours seulement. Essaie de calmer Laurent ! De toute façon, j'assumerai...

– Il n'y a pas d'avion qui vole aux Baléares. Même Marko te le dit. Tu vas trop loin... Je ne pourrai rien faire pour toi !

Mais futurex-pecheur, mon Skype informateur, était formel. Des avions volaient aux Baléares... Aussi. Encore ! Il avait des infos précises sur une piste qui serait utilisée près de Valence. Et surtout, il était certain que Taral et Di Rollo étaient de la partie. C'est vrai, Marko était perplexe, la zone était censée être la mieux surveillée de toute la Méditerranée, mais je ne pouvais plus compter sur lui. Il ne me pardonnait pas le vol de la cassette.

– C'est incroyable de se faire baiser comme ça, il avait fini par me lâcher d'une voix blanche. Cette fille était dans l'avion à côté de toi, dès le départ pour te contrôler, puis elle revient à Marseille et toi, tu vois rien, tu comprends rien, t'y vas les yeux fermés !

Pour qui ce mec se prenait-il ? J'avais essayé de me contenir.

– Pourquoi crois-tu qu'elle m'ait rappelé pile à ce moment-là ? Franchement, Herrero ? Dis-moi. J'ai comme l'impression qu'un mec a informé Di Rollo de nos moindres mouvements et découvertes. Tu vois de qui je parle ?

– T'es un pantin ! il avait conclu, amer, en raccrochant.

OK, peut-être que j'étais un pantin, futurex-pecheur était certainement téléguidé par Seccapone ou un autre, mais moi, j'étais prêt à jouer la partie pour balayer l'humiliation.

Huit heures plus tard, mon train est entré dans la gare de Barcelone. Il n'y avait plus de correspondance pour Valence après minuit. Peu importe. J'ai pris une voiture, me suis extrait de la mégapole et suis descendu comme un fou sur l'autoroute de la Méditerranée : Tarragona, Reus, Vinaròs... Toutes fenêtres ouvertes. La nuit était tombée, j'étais en pleine montée. Par chance, la caisse dont j'avais hérité, une Leon TDi 2.0, ne demandait que ça. Passer la sixième à 140 km/h me donnait l'impression d'être Superman. Je bondissais. Le Red Bull a dû jouer un peu aussi. En allumant une énième Marlboro, j'ai songé à cette écologie kérosène bien enfumée dont ne manqueraient pas de se gausser mes amis de la décroissance. Avec raison. Mais, encore une fois, il faut savoir ce que l'on veut. Contre qui on se bat.

En arrivant dans la banlieue de Valence, j'ai bifurqué à droite vers l'A3 en direction de Madrid et, une bonne demi-heure plus tard, deux kilomètres avant la ville de Requena, je me suis rangé sur le côté à la station-service El Rebollar. À côté de la station se trouvait une auberge qui faisait bar, resto et hôtel. Il était cinq heures du matin.

La piste était à moins de cinq cents mètres de là.

8

Le soleil illuminait comme un projecteur trois grands hangars de tôle ondulée verte. Derrière les rangées de vigne, la bande de macadam est apparue à son tour. Elle était aussi belle que sur Google Earth : une longue plaque noire étincelante scindée par une ligne de pointillés blancs.

Une douzaine d'avions étaient garés. J'ai attrapé mes jumelles.

Que dalle.

Une tripotée de monomoteurs.

J'ai eu du mal à encaisser le coup. Aucun avion ne pouvait avoir quitté la base avant mon arrivée. Je me suis garé devant un panneau : « *Aeródromo de Requena-El Rebollar. Escuela de pilotos, Bautizos del aire, Paseos aéreos* », et j'ai marché vers le bâtiment, qui semblait ouvert. Un type en est sorti, venant à ma rencontre. Je lui ai demandé en anglais des renseignements sur les baptêmes de l'air. Il ne parlait pas anglais. J'ai bafouillé difficilement trois mots d'espagnol... De la sympathique rafale qui est sortie en guise de réponse, j'ai compris que les élèves de l'école de pilotage n'allaient pas tarder à arriver, je n'avais qu'à attendre.

Un grand type est arrivé une heure plus tard. En compagnie du vigile, je me suis dirigé vers lui. Vingt-cinq ans, le teint mat, une légère barbe. J'ai ressorti le même laïus.

– Il n'y a pas de baptême de l'air en ce moment, il m'a dit avec un accent britannique. Je crois que ça commence fin juin.

– Dommage... Est-ce que les baptêmes se font avec des bimoteurs ?

Il a secoué la tête :

– Oh non ! Ça m'étonnerait.

– Ah bon. À l'office du tourisme, on m'a dit qu'il y avait des Partenavia P-68 et des Cessna 337. Il paraît que c'est mieux.

Le mec m'a dévisagé un moment. J'ai eu la vague impression qu'il avait l'air gêné. Puis il a regardé le type d'à côté avant de lâcher :

– Non.

Il s'est dirigé vers le bâtiment en me lançant :

– *Bye ! Have a nice holiday !*

Une heure plus tard, caché derrière les vignes, j'ai assisté au décollage de quatre avions. Les élèves. Ils faisaient une boucle puis revenaient atterrir. Une fois les roues posées, ils remettaient les gaz et repartaient pour un tour en faisant pétarader leurs moteurs comme des adolescents. Pas la moindre trace de mes cibles... J'ai eu l'impression de voir Melissa qui me souriait ironiquement à l'autre bout de la piste.

Il était à peine dix heures. La journée était mal engagée. Michèle, la *Human Resources Manager* de Greenfight, en a profité pour m'appeler. En service commandé. Ce n'était pas très bon signe. Je me suis confondu en excuses.

– J'arrive ! J'arrive ! J'ai un souci, j'ai déjà expliqué ça dix fois à Laurent ! Qu'est-ce que vous avez tous après moi ? J'ai un truc personnel important à régler ! Vous pouvez comprendre ça, non ?

– C'est trop tard. Laurent m'a demandé d'engager une procédure... Il est très remonté. Désolé, mais on va être obligés de se séparer de toi !

À Castellón, cent kilomètres au nord, deux pistes se croisaient en X au bord de la plage. Idéal. Mais là encore, aucun P-68 ou Cessna. Pas non plus la moindre trace du passage d'un avion de ce type ces derniers temps. Je suis reparti vers le sud. À la droite du grand hall de l'aéroport international de Valence Manises, on distinguait des avions de tourisme au travers des grilles. Le parking était plein. Les portes des hangars étaient ouvertes. Une bonne cinquantaine de monomoteurs. Que de la merde.

L'année précédente, un Cessna s'était écrasé juste après avoir décollé d'un aéroclub à Almansa. Le moteur arrière était tombé en panne après le décollage, mais le pilote avait réussi tant bien que mal à atterrir en urgence sur la colline d'une pinède. Lui et les deux pisteurs étaient indemnes. Malheureusement, l'avion avait pris feu et le pilote n'avait pu se dégager. Il y était resté.

Je suis allé inspecter l'aéroclub d'Almansa. Zéro pointé.

J'ai commencé à douter.

Je me suis enfermé dans un hôtel à Requena avec une connexion WiFi. Futurex-pecheur n'était pas joignable. Comme on pouvait le craindre, dans la seule *comunidad* de Valence, il y avait une demi-douzaine d'autres clubs d'ULM et petits aérodromes dispersés sur deux cents kilomètres. Je les ai méthodiquement épinglés sur Google Earth.

Ensuite, j'ai balayé attentivement le relief à la recherche de ces petites cicatrices synonymes de pistes d'atterrissage. Très vite, une grosse piste de terre perchée dans les pins au milieu des montagnes à vingt kilomètres de là m'a fait de l'œil. Totalement invisible. Non référencée. J'ai repris confiance.

Vers 20 heures, Marko m'a contacté.

– Je viens d'apprendre que des Espagnols, les frères Colaro, ont fait une prise de 250 tonnes il y a trois jours... aux Baléares. La première grosse de la saison ! C'est le genre de jackpot pour lequel l'aide d'un ou plusieurs avions est quasi-certaine. Et les Colaro travaillent en groupe dans cette zone avec deux des quatre senneurs de Di Rollo !

– Ils sont morts ! j'ai lâché d'un ton que je voulais victorieux, même s'il manquait désormais une note à l'accord.

Plus tard, en cherchant un bar dans le centre de Requena, j'ai aperçu au coin d'une rue l'élève pilote avec qui j'avais parlé le matin marchant avec tout un groupe. Je me suis dirigé rapidement vers eux, mais, le temps que j'atteigne le coin, ils avaient disparu. Et la rue était déserte. Je suis entré dans le bar le plus proche et me suis mis au comptoir. Le mec était là. Je lui ai fait un signe. Il a fini par me reconnaître. Je lui ai proposé de sortir fumer une clope.

– Ce matin, je ne pouvais pas parler, il m'a déclaré d'emblée. Je crois que les avions qui t'intéressent étaient bien chez nous. Deux Cessna, des *push-pull*... Ils étaient là depuis une semaine. Ils sont partis hier. Pourquoi est-ce que tu t'intéresses à eux ?

– Tu sais ce qu'ils font ?

– L'un des pilotes m'a dit qu'ils travaillaient en mer : ils font de la photo pour Google Earth... Ils partent vers l'est et reviennent au bout de cinq ou six heures. Ils se relaient.

– C'est n'importe quoi ! Ces mecs repèrent les bancs de thons ! Ils travaillent pour les pêcheurs.

J'ai dit que j'étais journaliste et je lui ai expliqué le problème en cinq minutes. Surpêche, tragédie des communs, lâcheté des politiques. Ça avait l'air de l'intéresser. Il était koweïtien, étudiait en Grande-Bretagne et préparait ici son brevet de pilote privé. Les prix étaient intéressants et la formation intensive. L'un des Cessna l'avait particulièrement frappé : blanc, bleu et vert flashy sur l'aileron arrière. Les deux étaient immatriculés en N, américains. Je l'ai remercié dix fois.

– Je n'aime pas ces mecs... À la cafétéria, l'un d'eux, un Espagnol, n'arrêtait pas de faire des blagues un peu lourdes sous-entendant que moi et Lawali, un Koweïtien avec qui je suis venu, la seule chose qui nous intéressait, c'est de piloter en vol, pas de décoller ou d'atterrir. Tu vois ce que je veux dire ?

– Ouais.

– Des connards de racistes.

– Tu sais où ils ont pu aller ? j'ai demandé.

– Il y a d'autres aérodromes dans le coin...

– J'ai fait Castellón, Valence et Almansa... Il n'y a rien.

– De toute façon, avec ces avions, ils peuvent atterrir n'importe où.

– C'est bien le problème, j'ai soupiré. Mais j'ai repéré une piste dans les montagnes où ils pourraient bien se planquer. Je la sens bien.

De retour à l'hôtel, je me suis recollé à l'écran. Dans ma base, j'avais bien un Cessna américain muni d'une ligne bleu ciel sur le fuselage et d'un aileron vert flashy. N2324J. Appartenant à une société du Delaware domiciliée au même endroit qu'Air Lisa. La signature de Taral.

En m'endormant, j'ai pensé que, le lendemain, je les débusquerais dans les montagnes. Je passerais la journée derrière un arbre pour m'imprégner de leurs habitudes. Puis Marko s'amènerait... On louerait un avion pour filer au-dessus des senneurs de Di Rollo. Bingo !

Un instant, je me suis vu tout là-haut en train de faire des boucles à 250 km/h et sortir ma queue par le hublot pour me soulager.

9

Après une grosse demi-heure de route, entre une vigne et un champ d'avoine, j'ai repéré la pancarte suivante : « *Depósito – Contra Incendios – Pista Aterrizaje* ». Une piste utilisée pour la lutte contre l'incendie. Je me suis engagé sur un chemin de terre rouge défoncé.

Le lieu avait l'air désert. Trois cents mètres plus loin, un panneau signalait « Attention, piste atterrissage ». Pas la moindre voiture garée. Je suis descendu. Une énorme piste cabossée s'étalait sur toute la longueur de la colline. Au moins huit cents mètres de long, trente de large. Une base de Canadairs. Trois gros réservoirs d'eau circulaires en béton et une petite maison vide surmontée d'un mât se tenaient sur le côté. Seuls quelques fils rouge et blanc subsistaient de la dernière manche à air. Pas de trace du moindre camion-citerne.

J'ai marché jusqu'au bout. Un lac de montagne à l'eau turquoise s'étalait deux cents mètres plus bas dans une cuvette et étirait ses bras dans les anfractuosités du relief. Un cabri a pris la fuite en me voyant approcher. Là-haut, quelques nuages s'étiraient paresseusement. Le lieu était magnifique. Il manquait juste l'essentiel.

La mort dans l'âme, j'ai refait la piste en sens inverse et récupéré ma caisse.

À Requena - El Rebollar, les avions-écoles continuaient leur bal. J'ai haï leur grâce et leur légèreté.

J'ai mis presque deux heures à trouver le premier club d'ULM à Liria, au nord-ouest de Valence. C'était fermé. À cent kilomètres au sud, le deuxième était au milieu des plantations d'oranges : une ribambelle de petits garages et une vieille manche à air pleine de trous. Une étendue de pelouse plate de cent cinquante mètres faisait office de piste. Rien à en tirer non plus... J'ai enchaîné ensuite sur un autre club à Bernicolet, un peu plus au sud. Même topo au milieu des orangers à perte de vue. Pas la moindre activité. Déprimant. J'ai attrapé une orange pour reprendre des forces. Elle était dure comme du bois. De rage, je l'ai balancé vers la porte du club et j'ai repris la route de Requena.

J'ai appelé Rihad, l'élève pilote, pour savoir s'il en savait plus. Il semblait un peu nerveux :

– J'ai demandé à Alfonso, le fils du patron de l'aérodrome, pourquoi les deux avions étaient partis. Tu sais ce qu'il m'a dit ?

– La vérité ?

– Ces mecs bossent bien pour la pêche au thon. Et ils sont partis parce que ça s'est su qu'ils volaient par là. Greenfight en a après eux. L'organisation écologiste ! Il paraît qu'il y a un mec de Greenfight dans la région qui les cherche, un Français... Du coup, son père leur a demandé de quitter Requena. Il ne veut pas que ça fasse de mauvaise publicité à l'école de pilotage.

Je suis resté silencieux, médusé. Tout ça s'était passé le même jour, celui de mon départ pour l'Espagne.

Il a repris :

– C'est pas toi, par hasard, Greenfight ?

– Non ! Mais je vois très bien à quoi ils font référence. Greenfight a chopé ces mecs dans le sud de l'Italie la semaine dernière. Du coup, ils flippent un peu.

– Il paraît qu'un autre Français cherche le type de Greenfight et qu'ils veulent lui faire la peau...

Je suis resté un moment silencieux. Si c'était vrai, vu les kilomètres que je faisais, ils auraient du mal à me mettre la main dessus. Mieux valait tout de même être prudent et brouiller les pistes.

– Merci de l'info ! Moi, je suis descendu à Alicante. On m'a dit que je trouverais d'autres avions à l'aéroclub de Muchamel. Je vais y rester quelques jours.

Futurex-pecheur était le seul à savoir que j'étais descendu par là... À quoi jouait-il ? Ce monde était minus. Tous se tiraient dans les pattes. Et moi je faisais mon beurre en récupérant les miettes. Ça puait le ranci.

Je suis sorti fumer une clope pour réfléchir cinq minutes à tout ça. Faire tous les aéroclubs de Murcia et de Catalogne me prendrait une semaine. Qui paierait tout ça ? Et je n'étais sûr de rien... La vérité est qu'ils pouvaient être n'importe où.

La mort dans l'âme, j'ai réservé pour le lendemain matin un billet d'avion pour Paris via Madrid : je n'avais même plus les moyens ni le temps de me payer le luxe de rentrer en train... Puis j'ai passé la fin de soirée à m'enfiler des San Miguel en essayant piteusement de brancher la serveuse.

10

En arrivant le lendemain matin dans la zone aéroportuaire de Valence Manises, je me suis trompé de sortie d'autoroute, puis perdu dans les différentes voies d'accès, tant et si bien qu'au lieu de gagner le hall principal j'ai atterri de l'autre côté des pistes devant les bâtiments du personnel des compagnies aériennes. En faisant demi-tour, enragé par le retard que je prenais pour rendre la voiture de location, j'ai aperçu l'aile d'un petit avion de tourisme garé derrière une rangée de préfabriqués. Tous n'étaient-ils pas censés être de l'autre côté, à l'aéroclub que j'avais vu la veille ? Je suis sorti faire un tour.

Une quinzaine d'avions étaient au parking. Un bruit de moteur. Je me suis avancé… À cinquante mètres de là, entre quelques branches d'arbre, à côté d'un énorme Boeing violet, j'ai aperçu l'éclat d'un aileron. Vert brillant.

Les deux hélices du *push-pull* N2324J étaient en mouvement. J'ai failli tomber à genoux. L'avion de Taral. Deux types étaient à l'intérieur. Cet avion est magnifique, je me suis dit. Sublime. Une merveille de la nature… Et il va partir. Je me préparais à passer en mode film.

Le moteur a accéléré. Accéléré. Puis ralenti.

Je tapais du pied. « Vas-y maintenant, putain ! », j'ai lancé à la bête, qui a relancé ses deux hélices à fond. Puis elles ont ralenti. Accéléré. Ralenti. Les moteurs ont toussoté. Puis se sont éteints. Pour de bon. Les types sont descendus de la cabine et sont restés un moment à parler et à tourner autour de l'avion. Je les fusillais au zoom. Qu'est-ce qu'ils foutaient ? L'avion devait être en escale technique... Je devais au moins prouver qu'il volait ! Ils ont traversé le parking et sont montés dans un break qui a filé. Sans trop réfléchir, j'ai longé de nouveau le grillage et suis rentré sur le tarmac, profitant de la distraction du vigile à l'entrée qui parlait au conducteur d'un camion, puis je me suis dirigé en slalomant vers l'avion.

Il était 14 h 30 passé. J'avais sous les yeux ce que je désirais le plus au monde... J'ai posé ma main sur le Cessna en m'avançant. À l'intérieur, sur le siège arrière se trouvaient un GPS, une grosse paire de jumelles, un ordinateur portable et une inferface de cartographie marine Seatech. J'ai pris le tout en photo, puis j'ai filé.

Vers 15 heures, à mille mètres de là, du hall des départs, j'ai aperçu aux jumelles trois silhouettes s'approcher de l'avion. L'adrénaline est remontée. Comme tous les petits avions de tourisme passaient devant moi pour se placer sur une des pistes, si seulement il se décidait, c'était dans la poche. Une voix d'outre-tombe a alors retenti dans le hall : « *Passenger Alessand Ambazz flying to Madrid. Last call for Passenger Alessand Ambazz. Please join immediately gate 18A, gate 18A...* »

En marchant, j'ai repéré dans le hall un type, un gros appareil photo autour du cou. Je me suis précipité vers lui. Un *plane spotter*. Il avait de petites lunettes rondes métalliques et les cheveux courts gominés. Il m'a expliqué qu'il travaillait comme steward pour Iberia et qu'il repartait le soir pour New York. Selon lui, ce Cessna était là depuis la veille au soir. En tout cas, il ne l'avait pas vu arriver ce matin. Il le trouvait aussi très classe avec sa peinture flashy.

J'ai attrapé mon nouveau pote par le bras :

– J'ai l'impression qu'il ne va pas tarder à décoller. Si c'est le cas, peux-tu le prendre en photo sur la piste et au décollage ? Ça me rendrait un grand service !

– OK, il a fait sans poser de question.

– Merci !

J'ai griffonné mon numéro de téléphone et mon mail sur un bout de papier et suis parti en courant.

Dans l'avion, je me suis mis à droite pour garder un œil sur la situation. Au cas où. Le hublot était opaque, je n'y voyais pas grand-chose. On est restés scotchés un quart d'heure à attendre des retardataires, puis l'avion s'est mis en branle. Une minute plus tard, au moment où il a fait demi-tour pour se placer sur la piste, je me suis tourné vers la gauche... Dans le hublot opposé, comme par enchantement, N2324J a surgi et disparu aussitôt. Il était placé pour décoller... juste avant nous. 12 juin. 15 h 48.

Une fois en l'air, me déplaçant comme un fou d'un côté à l'autre dans l'avion à moitié vide, j'ai longuement scruté le ciel dans tous les sens à la recherche d'un éclat vert. Je n'ai réussi qu'à me brûler les yeux.

11

UE : la saison de pêche au thon rouge bientôt interrompue

BRUXELLES, 12 juin (AFP) – La Commission européenne a décidé vendredi de fermer prématurément et en grande partie la pêche au thon rouge pour cette année en Méditerranée et dans l'Atlantique, car les quotas de pêche de l'année pour cette espèce sont déjà sur le point d'être atteints.

Cette fermeture concerne les thoniers-senneurs, de grands navires qui pratiquent une forme de pêche industrielle au thon rouge, et comptent à eux seuls pour quelque 70 % des captures totales de cette espèce dans les eaux européennes.

Elle s'appliquera à compter du 16 juin pour la Grèce, la France, l'Italie, Chypre et Malte, et à partir du 23 juin pour l'Espagne, selon un communiqué de la Commission.

« Les quotas alloués seront bientôt atteints et de nombreuses irrégularités ont été signalées », s'est justifiée la Commission qui avait pourtant mis en œuvre des moyens de surveillance sans précédent.

Selon Marko Herrero, un expert travaillant pour les organisations écologistes iEF et Greenfight International : « Les années passent, les erreurs se reproduisent. Ce que ne veut pas encore admettre la Commission, c'est que, cette année encore, les quotas ont été largement dépassés... Cette pêcherie échappe à tout contrôle. Si l'on veut sauver le thon rouge, la seule solution restante est de suspendre la pêche pour au moins 3 ans. »

Épilogue

16 septembre.

Le soleil brillait à Sète comme partout en France. La température était caniculaire. On parlait enfin dans les cafés de changement climatique... Mais quoi ? Depuis des années, tout le monde savait. Au fond, c'était tragique, absurde, mais seule une bonne catastrophe pourrait nous sortir de là. Autant le savoir. Autant s'y préparer.

Le bâtiment des Affaires maritimes donnait sur l'un des canaux du port. Dans le cadre d'une enquête préliminaire sur les fraudes passées, j'étais convoqué par deux enquêteurs. J'ai laissé ma carte d'identité périmée à l'accueil et l'on m'a fait monter dans une salle. Sous les fenêtres, les senneurs libyens de Di Rollo et Seccapone étaient à quai. Fantastique, ça, une fois de plus, vraiment glorieux, brillant, inouï, j'ai pensé en secouant la tête. Au même moment, à Béziers, les scientifiques de l'Ifremer décollaient pour un vol de quatre ou cinq heures. L'objectif, louable, était d'estimer les populations de jeunes thons du golfe du Lion. Et qui avait fourni l'avion, un *push-pull* ? Sud Air Dauphin. Comme si c'était la seule boîte de travail aérien en France... Cerise sur le gâteau, un « ancien observateur issu du monde professionnel », Noël Moreno, volait avec eux.

Deux types m'ont rejoint. Un brigadier, un grand type aux cheveux courts d'une quarantaine d'années, une énième réplique, et un adjudant, plus jeune et en civil. Ils m'ont remercié tous deux de m'être déplacé et se sont assis.

Le brigadier a allumé un ordinateur portable.

– On nous a dit que vous ne faisiez plus partie de l'effectif de Greenfight, il a commencé, c'est exact ?

– Oui.

– Comme vous vous en doutez, a repris l'adjudant, il y a un volet de notre travail consacré à l'utilisation d'avions. Or, votre nom figure sur la déclaration de vol maltaise du 1er juin d'un avion français... Vous connaissez son propriétaire ?

– Non. Mais je vois de qui vous parlez !

– Bref. Il prétend que vous avez volé à bord de son avion dans le cadre de votre travail de suivi de la pêcherie et qu'il a fait ça pour vous rendre service... Nous, on veut savoir si c'est vrai...

Une heure plus tard, j'étais à moitié allongé sur la table. Effaré. Ils n'étaient saisis que de l'avion français, le F-HUNT. Les Américains étaient censés se charger des irrégularités de leurs avions... Quoi qu'il en soit, Christian Di Rollo et Jean-Pierre Taral avaient été entendus par les mêmes mecs quelques jours plus tôt. Les présomptions étaient importantes, évidemment, mais rien ne leur permettait d'établir clairement que l'avion de M. Taral avait volé pour les pêcheurs et plus particulièrement pour le compte de M. Di Rollo. Aucun inspecteur des pêches n'avait vu ce *push-pull* en vol dans une zone de pêche. Aucun lien formel n'existait. Aucune preuve.

J'ai bu une dernière gorgée de café et me suis levé.

– Si vous voyez un gros animal gris avec une trompe, deux grandes oreilles et deux défenses, qu'est-ce que c'est ? Je ne sais pas pour vous, mais pour moi, il y a 100 % de chance que ça soit un éléphant.

– La justice ne fonctionne pas comme ça, M. Ambaz ! le brigadier a déclaré. Nous ne prenons pas les présomptions. Il nous faut des preuves pour que la justice puisse qualifier une infraction. Nous cherchons actuellement d'éventuelles traces de mouvements financiers entre Sud Air Dauphin et des patrons thoniers.

– Vous ne trouverez rien, j'ai ironisé. Vous savez bien que tout se fait en liquide de la main à la main.

Le brigadier s'est renfrogné :

– Peut-être... mais on peut chercher !

L'adjudant semblait plus ouvert à mes états d'âme :

– Il faut être honnête M. Ambaz : ce travail est délicat. Du reste, le problème est le même pour la plupart des avions étrangers qui ont été identifiés. Comme ce sont des avions de location, pour faire le lien formellement, il aurait fallu les voir en vol au-dessus des bateaux ! Mais nous ne disposons d'aucun film ou photo, d'aucun témoignage...

Je les ai salués, puis je suis sorti et j'ai longé le canal en sifflotant, une clope au bec. Majestueux seigneurs en leur royaume, les thoniers étaient tous à quai, vides et étincelants. Les fermes italiennes, maltaises, croates ou turques étaient pleines de petits et de gros poissons. Deux mois plus tard, en novembre, s'ouvrirait au Maroc une énième conférence officielle consacrée à la gestion des thonidés. Bien sûr, les quotas de thon rouge seraient légèrement réduits, quelques mesures symboliques affichées... Et l'on s'assoirait en chœur une fois de plus sur les recommandations des scientifiques.

J'ai shooté dans une cannette de Coca.

Le temps des palabres avait assez duré.

Achevé d'imprimer en septembre 2010 par Présence graphique
2, rue de la Pinsonnière - 37260 Monts - France
Dépôt légal : octobre 2010 - Numéro d'impression : 091036503